INK INK INK INK INK INK INK
NK INK INK INK INK INK INK I
INK INK INK INK INK INK INK
NK INK INK INK INK INK INK I
INK INK INK INK INK INK INK
NK INK INK INK INK INK INK I
INK INK INK INK INK INK INK
NK INK INK INK INK INK INK I
INK INK INK INK INK INK INK
NK INK INK INK INK INK INK I
INK INK INK INK INK INK INK
NK INK INK INK INK INK INK I
INK INK INK INK INK INK INK
NK INK INK INK INK INK INK I
INK INK INK INK INK INK INK
NK INK INK INK INK INK INK I
INK INK INK INK INK INK INK
NK INK INK INK INK INK INK I
INK INK INK INK INK INK INK
NK INK INK INK INK INK INK I
INK INK INK INK INK INK INK
NK INK INK INK INK INK INK I
INK INK INK INK INK INK INK
NK INK INK INK INK INK INK I
INK INK INK INK INK INK INK
NK INK INK INK INK INK INK I
INK INK INK INK INK INK INK

INK INK INK INK INK INK
INK INK INK INK INK INK INK
INK INK INK INK INK INK
INK INK INK INK INK INK INK
INK INK INK INK INK INK
INK INK INK INK INK INK INK
INK INK INK INK INK INK
INK INK INK INK INK INK INK
INK INK INK INK INK INK
INK INK INK INK INK INK INK
INK INK INK INK INK INK
INK INK INK INK INK INK INK
INK INK INK INK INK INK
INK INK INK INK INK INK INK
INK INK INK INK INK INK
INK INK INK INK INK INK INK
INK INK INK INK INK INK
INK INK INK INK INK INK INK
INK INK INK INK INK INK
INK INK INK INK INK INK INK
INK INK INK INK INK INK
INK INK INK INK INK INK INK
INK INK INK INK INK INK
INK INK INK INK INK INK INK
INK INK INK INK INK INK
INK INK INK INK INK INK INK
INK INK INK INK INK INK
INK INK INK INK INK INK INK

NK INK INK INK INK INK INK I
INK INK INK INK INK INK INK
NK INK INK INK INK INK INK I
INK INK INK INK INK INK INK
NK INK INK INK INK INK INK I
INK INK INK INK INK INK INK
NK INK INK INK INK INK INK I
INK INK INK INK INK INK INK
NK INK INK INK INK INK INK I
INK INK INK INK INK INK INK
NK INK INK INK INK INK INK I
INK INK INK INK INK INK INK
NK INK INK INK INK INK INK I
INK INK INK INK INK INK INK
NK INK INK INK INK INK INK I
INK INK INK INK INK INK INK
NK INK INK INK INK INK INK I
INK INK INK INK INK INK INK
NK INK INK INK INK INK INK I
INK INK INK INK INK INK INK
NK INK INK INK INK INK INK I
INK INK INK INK INK INK INK
NK INK INK INK INK INK INK I
INK INK INK INK INK INK INK
NK INK INK INK INK INK INK I
INK INK INK INK INK INK INK

INK

文學叢書

056

彼岸

王孝廉◎著

【目次】

自序

今年四月，我兒子在日本得獎的長篇小說出版，我讀過之後首先的感覺是，長江後浪推前浪，在小說的創作上，我眞的是江郎才盡了。比起兒子的小說，不論是語言文字或內容思想上，我早年的那些作品，都已經是「古典文學」了。

古調雖自愛
今人多不彈

兒子寫小說的年紀，正也是我寫小說的年齡，也許二十年後，今天他所寫的暢銷小說，也會被下一代的讀者歸類爲「古典」作品的吧？

《彼岸》出版於一九八五年（洪範書店），收集的是我「三十不立」到「四十而惑」的十年間的小說，其中爲了湊頁數，也附錄了幾個二十幾歲的作品。那時期是我寫作歷程中的高峰，我出版了二十多本書，學術論文、翻譯、散文、雜文……什麼都有，像個開在巷口路邊的雜貨鋪子。而小說，卻只有不夠一本小書的《彼岸》。

五十而知天命，我總算也知道了幾件事，一是文學和文字的虛幻實在不亞於人生諸相。

縱使文章驚海內
紙上蒼生而已

我的那些秋燈夜雨苦心經營的文字，只不過是我個人生命過程的一些徬徨的記錄，既慰藉不了眾生，也安慰不了自己。

我知道的另一件事是「追逐兩兔，一兔不獲」，每個人的才氣和精力都是有限的，就像一隻牙膏，總有擠完的時候。也就是從這個時候，我在教書和研究上，逐漸離開文學而進入邊疆少數民族的人類學領域。許多少數民族，沒有文字，他們用血淚寫歷史，用生活和身體寫詩。

於是，我知道我不會再寫小說了。

我的小說風格，既不台灣也不大陸，既不鄉土也不現代，像一隻四邊不靠岸的孤舟破船。而我知道我的一些小說，特別是以神話爲題材的那一系列一定會成爲神話文學的經典之作，那也是我經營的一個中國文化傳承下的文字美學。

從洪範出版的《彼岸》中，抽掉一些作品，再補上《彼岸》之後我寫的幾篇作品，就是這本新版的《彼岸》了。

也眞是一個不可思議的緣，初君安民，徐君錦成，都是與我有過師生緣分的朋友，這本書的出版，全是由於他們兩位的促成。好書如同好酒，好酒須和懂酒的好友共飲。我珍惜自己的舊作，也珍惜自己的朋友。

二〇〇三年七月四日
於日本福岡

塵海三色

上篇 紅柿

落馬湖依然清純安靜，湖上來自北國的渡鳥彷彿是堂前似曾相識的歸燕。

小徑，依然落葉滿地。

楓，依然在寒冷的風裡散發著那片寂寞而感傷的紅。

柿子，依然孤孤單單地懸掛在光禿的樹枝上。

師父從來不管這些柿子，任它每年秋天結果，纍纍地掛滿了枝頭，秋天過後，又任它枯乾凋落。雖然師父也說這些柿子如同窗前不除的雜草，也是「有如自家意思一般」，可是他總覺得可惜了，如果善於經營，對於一貧如洗的師父來說，這些柿子也未嘗不是一筆小小的收入。他曾把這個意思向師父提出，可是師父只是不置可否地笑了笑。

一本經點完了是另一本經，一塊地開墾好了以後又是另一塊地，他覺得海會寺中這種上午點經，下午種地，晚上聽師父講經的生活，就像師父身上那件不分寒暑而終年穿著的灰色長衫，那樣地沒有彩色也沒有變化。他覺得自己一輩子也點不完那一屋子的佛經，而且縱然就是點校完了這些經，他也不知道對於今天的佛教會有什麼用處，他覺得在這個時代裡，佛教已經到了非變不可的地步，雖然他還不很清楚該如何地去求變。

楓青、楓紅、楓落。落馬湖上的渡鳥來了又走，走了又來。他感覺到自己的生命在一片寂靜中逐漸趨向衰老。他還年輕，他不能也不甘心讓自己也像那些禿枝上懸掛的柿子一樣，任其在深山裡自生自滅，他覺得自己只有離開師父，離開海會寺，才能找到眞正的自己。

師父唯一的一次命大師兄摘下了樹上的柿子，是當他身無分文地離開海會寺的時候，那是一個下著霧的早晨，大師兄一直沉默地陪著他走完這條落葉滿布的小路，一直沉默地送他到了落馬湖邊的大路上，臨別，大師兄交給他一個布袋說：

「雲水，師父說除了你心裡的東西以外，這些柿子是他唯一能給你的身外之物了，你拿著吧！」

他接過一布袋的柿子，把布袋往肩上一背，說了聲「後會有期」就走了，走了幾步，他又聽到身後大師兄叫他的名字，他站住，大師兄又走上前告訴他：

「雲水，師父說這是你的家，你任何時候都可以回來的，知道嗎？」

他點了點頭，就這樣告別了他住了十二年的海會寺，他永遠忘不了每天以柿子做食物的那幾天，柿子吃完，他進入了朝鮮半島中部的一個都市。

進了都市，他首先找到了三師兄雲門，幾年不見，當年帶著他偷挖番薯的雲門如今已是東南大學佛學研究所的主任教授林松博士，並且有了一個在大學教英文的妻子和兩個可愛的孩子。雲門的家富麗堂皇，客廳和書房中堆滿了剛印好的政見宣傳單，雲門正在忙著國會議員的競選活動，據他說爭取提名是沒有問題的。那夜雲門爲他接風，特地叫了一桌葷素各半的菜，雲門告訴他即使吃齋，酒也還是要喝的，酒是植物釀成的，不算是葷。他第一次喝酒，可是他覺得這種琥珀色的液體極好喝。當他和雲門師兄兩人喝完了一瓶拿破崙之後，當他看到雲門已經醉態可掬的時候，他知道自己的酒量相當不錯。雲門又開了一瓶酒以後說：

「雲水，這年頭一切要講方法和觀念，白眉老頭兒那套是不能適應這個時代的，所以他也只能在落馬湖海會寺的昏暗燈下注釋他的楞嚴經，我承認白眉老頭對佛經有許多他自己獨特的見解，可是他把他的見解留在那個荒涼的深山裡，對這個社會有什麼用？而我只不過拿老頭的見解，加上一點西方的哲學理論和方法做點韓、印佛教的比較，就有了博士的頭銜，你比我在白眉老頭那裡的時間長，也比我用功得多，這點你是很容易可以辦到的，別忘了這是一個一切講究現代的社會，傳統的那套都是已經僵死在框框裡的東西，你要想在今天的佛教界開創一個局面，你首先就得談現代的方法和觀念，你必須考慮現實中的政治、社會、經濟以及文化界和傳播界的各種因素，你早覺悟而離開白眉老頭是對的，你想想看，要是我們還在海會寺，還不是整天陪著老頭吃地瓜乾兒？說句不好聽的話，白眉老頭就是校完了他那一屋子經，他如果找不到關係，也不會有出版社爲他出版的，我學問當然不如他，可是我只要一個電話，就有出版社爭著搶著來求我的書，你知道這問題的關鍵在哪兒嗎？」

「不知道。」

雲門又乾了一杯面前的酒說：

「現代，現代的方法和觀念，我有，白眉老頭沒有，就這麼簡單。唉！雲水，想當年我們平壤靈隱寺南來的五虎將……對了，老大呢？是不是還是每天晚上坐在老頭的對面拿著朱筆點經？其實老大也是個老好人，就是缺少觀念……」

雲門口中的「五虎將」使他想起跟著師父落腳於海會寺的同門師兄弟，他們一個又一個地走了，最後留下的只有老大一個人吧？老大是決心跟隨師父到死的，老大對師父的感情，與其說是師徒，不如說是父子，老大常說沒有師父，就沒有他，是師父把他從殘破的戰場上背回了平壤的靈隱寺，當老大的傷勢好了以後，他就在佛前發了誓，今生永遠不再離開師父。

「二師哥呢？」

雲門挾起了一塊滷牛肉，小心把沾在牛肉上的蔥絲拿掉，然後塞進抱在懷中的白色狐狸狗的嘴上，說：

「老二早就死了，四年以前。」

「怎麼死的？」

雲門舉起拿著筷子的右手，用筷子敲了敲自己的腦袋說：

「這裡出了毛病。」

「那麼，四師哥呢！」

「老四還在南部的安全單位，去年升了主任，唉！甭談這些個了，其實我也不知道，只是老二死了以後，有次老四和我喝酒，老四醉後還是大罵老二，從老四的話中，我懷疑老二的死是和老四有關，可是也管不了這麼多了，這年頭兒要見機行事，明哲保身，不能死腦筋……來，再乾這杯。」

他的腦中又浮現出那個蒼白瘦長的二師兄雲青，雲青老是喜歡在深夜裡背著師父偷偷地看他的「唯物論」。四師兄雲外留給他印象最深的是帶著他到落馬湖釣魚，然後把釣上來的魚殺了在林間烤著吃，老四殺魚的技術，乾淨俐落。如今當年海會寺中「山青門外水」五虎將，除了老大雲山，其餘的都已成了各飛西東的勞燕。

桌上的第二個拿破崙也差不多了，他雖然毫無醉意，可是對面的雲門卻已經有點語無倫次了，雲門口齒不清地說著什麼，好像是在背誦他早年記憶過的經文，可是他又聽清楚了他模糊聲音之中的一些字，「……現代……傳統……觀念和方法……框框……」。

靠著師父給他打下的基礎，加上三師兄雲門給他灌輸的現代的方法和理論，他很快地寫完了一個論文，再由三師兄的妻子把他的論文翻譯成英文，三師兄雲門把他的論文寄到印度的一個佛教大學去以後，不久他就收到了一張論文博士的證書，有了這張證書，他開始以雲水博士的名字在報紙和雜誌上寫文章，他要走出傳統，不再寫什麼經解與大義，他只呼籲一個觀念，就是佛教的現代化，當他發表了〈素食之營養結構與青少年性心理生態學之比較研究〉和〈石油危機中之韓國佛教現代化範疇之歸納及其趨向問題之考察〉兩篇論文以後，他已經是頗有名氣的佛教學者了，而到他創辦了自己的出版社和雜誌，提出用科學方法整理佛教經典的編纂計畫，和提出打破傳統佛教形式與保留傳統佛教精神的時候，他已經是許多年輕人心目中的有理想有抱負有熱忱的佛教現代化的領導人。

中部的一個信徒捐了一片山地給他，請求他在那裡開山設場以普渡眾生，於是他就發起了供養西方如來的募捐運動，依信徒捐款的多少而給他們一個上面用紅筆寫著捐款者姓名的瓷製的佛像，捐錢多的佛像自然大些，錢少佛像也小，再少的就送他們印刷的觀音像，不到兩年的工夫，原是一片荒山的丘陵上，巍峨壯麗的海嶽寺落成了。接著他又著手收購附近的山地，也有的山地是信徒們為了積來世的功德而自願捐獻的，對於不肯出售山地的農民，他就用「今世不供佛，來生下地獄」的教義去感動和說服他們。又兩年，這原是一片荒山的中部高地，成了最具有觀光價值的現代化傳教聖地棲雁山。這時候他已經厭倦了學人或博士的頭銜，而改稱棲雁山宗長。

報上和電視上不斷地出現著棲雁山宗長雲水上人的名字，他發起冬令救災募捐，他舉辦夏季青少年佛學研究社，他接見日本訪韓佛教團代表，他率團到印度出席世界佛教大會……雲水上人提倡佛教現代化的成果，透過大眾傳播的媒介而印進了每個人的腦子中。

使雲水上人和政治上的人物結緣的事說起來也是十分偶然的，並不是由於他的聲名地位和財富，而是由於柿子。在一個下雨的夜晚，他在夢中又回到了落馬湖，他又看到了白眉師父，也再次見到了那些懸掛在禿枝上的紅柿。第二天他決定了開闢柿子園的事，他先派了兩個弟子到日本去收集有關柿子的資料，兩個弟子不但帶回了大堆的資料，並且帶回了三個日本的柿子專家，日本專家仔細地研究過棲雁山的氣候和土壤以後，告訴他這塊高地適宜柿子的栽培，於是他把種植柿子的事全權委託了日本專家，專家從日本佐賀縣帶來了兩千株經過改良的柿苗，果然不到數年的工夫，棲雁山已經是一片紅色的柿子林，柿子，美化了棲雁山，也穩定了棲雁山的經濟問題。也正是棲雁山上的柿子正要成熟的時候，正好美國的一個醫學雜誌上刊出了一篇柿子能治療糖尿病的研究報告，於是一些與糖尿有關的國會議員們也開始到棲雁山海嶽寺朝山。雲水上人以出家人的一種不卑不亢的態度接待這些朝山的政治人物，食宿免費之外每人回程時另贈三箱柿子，這些政治人物雖然不會捐錢去買瓷製觀音，可是回去以後卻常常做些古詩登在報紙的文化版答謝雲水上人的招待，雲水上人的文學底子原也不錯，加上他手底下做事的有個是在大學教過書的文學博士，所以雲水上人也經常在報紙上用古詩和這些政治人物一唱一和地酬答起來。這時候，雲水上人也領悟到當年在海會寺中師父教他背的古詩也還是有點用處的。

雲水上人對於這些政治人物一無所求，只是爲了推行現代化的佛教，他希望能夠立案成立一個佛教大學，政治人物們也相當感動於雲水上人對教育的熱心。果然不久，一年一度的院會上，有數名議員聯名向教育當局提出了「基於振興文化，發揚傳統宗教精神，實有成立佛教大學之必要……」的提案。

十年，他由一個身無分文的行腳和尙而學人博士、教授。再由法師、宗長而成爲名滿天下的雲水上人。可是經常出現在他夢中的卻依然是坎坷流離的童年和往事。那時他七歲，他和小他兩歲的妹妹跟在父母親的身後走過一個村莊又一個村莊地沿路行乞，他永遠忘不了的是父親沙啞而悲涼的求乞聲音和母親無言的眼淚。母親終於倒了，倒在一片茫茫的白色雪地裡。妹妹被好心的人家收養了過去，他不知道收養妹妹的是誰，只記得是一個有著一扇紅門，而門前有兩隻石獅子的一戶人家。一個下雪的早上，父親叫他在土地廟中等著，而一個人到村子裡去行乞，從早上到黃昏，父親再也沒有回來。第三天，他從昏迷中被人拍醒，眼前出現的是一個白眉毛的和尙，就是師父。是師父把他從無盡的乞求中釋放出來，並且教他讀書、識字……以後的十三年就是在平壤靈隱寺度過的，直到他們避亂南下。他對師父的身世不甚了解，只是由大師兄的口中，知道師父是早年的留日學生，並且是同志會的會員，韓國獨立以後，當那群留日學生們搶著做官的時候，師父卻隱姓埋名，在平壤附近的靈隱寺落髮出家。

聲名、財富、地位，他在十年之中建立起了自己的一切，可是這一切卻塡不滿他的心，他依然經常陷於痛苦的掙扎之中。有時候一股像燃燒的火焰一樣的感覺會突然在體內上升，使他煩躁不堪，他知道他需要的是什麼，可是他不願意去想，也不敢去想。

不管是在白天或是晚上，當這團烈火又在他身體中燃燒的時候，他會獨自走進柿子林中，而眼前的柿子又總會使他想起海會寺中沉默的師父和終年拿著朱筆點經的大師兄，還有海會寺前的柿子，那些懸掛在光禿的樹枝上的橙紅色的柿子。

下篇 黑髮

雲水常覺得他現在擁有的一切，固然是由於十年來持續不懈的努力，可是他也不否認促使他努力的機緣，多少是和三師兄雲門酒後強調的「現代的觀念和方法理論」有關。這句話像一個禪機，開拓了他以後的一切。可是他也覺得他現在面臨的痛苦也是種因於三師兄雲門，如果不是雲門出國到新加坡講學一年，他也不會接下東南大學佛學研究所的課，如果自己不去那個研究所教課，也就不會遇見那一頭自然鬈曲的黑髮，如果不是那片黑髮……

他忽然極端厭惡起這種「如果……就」的邏輯推論方式，世界上其實沒有什麼如果不如果，事實上是他去了東南，而他遇見了她，一切都是再簡單不過的眞實，而最眞實的莫過於他現在的痛苦。他把一切歸之於因果，歸之於輪迴，歸之於宿命，可是痛苦並沒有因爲他的歸納而減輕或者消失。

那天是和她別後的兩個月零六天，她第一次上棲雁山，在柿子林中她倚著紅色園門前的石獅子對他說：

「金旭，我懷孕了。」

使他覺得奇怪的是她說這話的時候並沒有流淚，也沒有驚慌和害怕的樣子，相反的他在她的眼中看到一絲柔和的溫暖。這樣的溫和的眼睛他曾見過，可是想不起什麼時候見過，隱隱約約地又好像是他的母親摟著他熟睡的妹妹的時候有過這樣的眼睛，也許是「金旭」這個名字使他又想起了倒在雪地中的母親。這是她第一次叫他的名字，以前她總是喊他「老師」，這也是他三十多年來第一次聽到自己的俗家名字，一個連他自己也忘了很久的名字。

他記得告訴她這個名字的時候是兩個多月以前他們最後一次約會的那晚，他們在海嶽寺北部分院的他房間的床上，那時她以他的右臂做枕頭側躺在他的身邊，他的左手撫摸著散布在他胸上的她的黑髮，那片像雲又像波浪的自然捲曲著的長髮。安靜了很久的她突然說：

「老師，你叫什麼名字？」

「雲水，白雲無心，流水無住的雲水。」

「噢不，我是問你原來叫什麼名字。」

「我的俗名叫鍾金旭。可能是我的父母親希望我以後能夠成爲一個大富翁，所以才取了這樣的一個名字吧！」

「老師，你上次告訴我你的童年的故事使我好感動，老師小時候好可憐，對了，老師的妹妹叫什麼名字？」

「她叫銀花，可是我們都叫她小鹿。」

「小鹿？好可愛的名字，爲什麼？」

「因爲她總是蹦蹦跳跳的，我的父母並不喊我金旭，他們叫我『馬虎』。」

「那一定是因爲老師小時候迷迷糊糊、馬馬虎虎的關係吧？」

「不，不是這樣，『馬虎』是我們北方鄉下的土話，我不知道這兩個字該怎麼寫，不過意思是知道的，我們說的『馬虎』指的是狼。」

「那是因爲你小的時候整天兇巴巴的嘍？」

「也可能吧！」

「老師，你知道小時候我爸爸媽媽怎麼叫我嗎？」

「嗯？」

「我爸爸老叫我鬈毛狗，當然是因爲我頭髮鬈的緣故，姆媽老叫我『沒耳朵的』。」

「怎麼說？」

「因爲我小時候很孤僻不合群，用現代的名詞說大概就是自我閉鎖症吧？我小時候老是愛一個人躲在房裡和洋娃娃說話，吃飯或洗澡的時候，就是姆媽喊破了嘴，也不答應一聲，所以她就叫我『沒耳朵的』了。」……

他們起身，淋完了浴以後各自穿好了衣服，他帶她到市內的一個素菜館去吃晚飯。看她吃得那麼愉快，看到她那張充滿了孩子氣的天眞的臉，他把要對她說的一些話，全部和著素菜一起嚥了下去。送她上了車，那個晚上他一個人喝了一夜的酒。

第二天，他決定辭去了東南研究所的課。回到棲雁山，他叫徒弟向報界發出了一個雲水上人的閉關啓事以後，他就眞的把自己關進了書房裡去。

閉關中的雲水並沒有因爲閉關而得到安寧，閉關反而使他更亂，她的黑髮像是一片飄在空中的黑幕，緩慢、沉重、而縹緲地降下，籠罩著整個他。他在一片無限無盡的黑幕中，屬於黑髮的記憶，像一個畫面又一個畫面似地接連著出現。

他到東南大學研究所上課的第一天，學生只有八個，零零落落地分坐在教室裡，他上課的時候，後面的兩個學生在看小說，中間的一排並坐的五個在抄筆記，只有她一個人坐在教室左邊的最前面的位置上，既不做筆記，也不看課本，她只是把一根手裡拿著的原子筆的另一端含在嘴裡，斜著頭看他講課，她的嘴角上掛著淺淺的笑，像是欣賞他講課，可是他又覺得她的笑像是對他的挑戰。當她用她的左手輕輕地掠起一縷垂下的頭髮時，他注意到她的黑髮有如波浪一樣地帶著鬈曲。他突然想送她一把梳子，當他這樣想的時候，他看見她的眼睛在笑，一種很神祕的笑，他不知道她在笑什麼，可是他相信這是他以前見過的一雙眼睛，也許是很久很久以前，也許是前世？他對自己說。

那一夜有無數的眼睛包圍著他，都是她的黑眼睛。他又看到那些眼睛化爲鮮血淋淋的骷髏。他看到她在風裡跑向他，她的黑髮隨著她奔跑的腳步而在風裡起伏，他也衣袂飄飄地伸開了雙臂跑向她，可是撲到身上的卻是一匹雙眼通紅張著利牙咆哮而來的狼，他拔劍出鞘，迎面擊出，狼不見了，可是他又發現握在手中的不是劍，只是一粒橙紅色的柿子，夢中醒來，他知道自己已經沒有可以斬情的慧劍。……

「老師，我覺得您的課講得很精采，我也很佩服您對佛教現代化所抱的理想和您所做的努力，只是我還是有點不大明白的問題想請教您，就是老師您課上常常特別加以強調的，打破傳統的佛教形式而保留傳統的佛教精神這句話。請問老師，您要打破的傳統形式是什麼？您所要保存的傳統精神又是什麼？還有是不是也可以請老師具體地談一下您所強調的現代、觀念與方法是什麼。」

說完她就坐下了，每次上課她老是坐在同一個位置上，當她站起來問他問題的時候，他一面聽她說話一面想，幾個星期以來，這大概是她頭一次拔下了她含在口中的原子筆吧？他也覺出了她是個個子很高的女孩。當他看到她又含上了原子筆而斜著頭等他的回答的時候，他才驚覺到自己竟然說不出話來。

他明知道他可以像以往多次的演講一樣，從獨善其身和兼善天下的範疇之不同上去談傳統與現代佛教的不同，或是從社會參與、政治實踐、鄉土關懷等項去強調現代佛教的意義，再不然從民族的再出發與宗教人文的重建上去談也可以，可是面對著她，他忽然驚覺到自己竟然很不想用這些名詞和字眼來回答她所提出的問題。他也突然覺得她所提的問題正也是他自己想問的問題。對他來說，他覺得她提出的不是問題而是答案。他好像突然找到了一個知己一樣地對她充滿了感激。當他的眼睛再和她的黑眼珠相遇的那一刹那，他知道她已經完全懂了他，他覺得不需要再說什麼了。

傳統、現代、形式、精神……

他覺得這一切一切都像他三師兄酒醉以後伏在桌子上口齒不清地吐過的單詞，任他怎麼想，都無法把這些單詞連串成一個完整的句子。

……

他覺得他們彼此像是兩條相互糾纏而又相互啃噬對方的蛇，可是他又不能否認屬於彼此啃噬的蛇的幸福。當他告訴她他們是蛇的時候，她像哄一個孩子似地溫柔地拍著他的身體說：

「多用你的感覺，少用你的思維，難道你不覺得一切是這麼眞實嗎？你能說剛才也是虛幻的事嗎？」

許多時候他覺得自己只是一條笨蛇，笨到連啃噬另一條蛇的技巧都沒有，即使是在相互啃噬的時候，她也有時會睜開眼睛，對他溫柔地笑笑，在她的淺笑裡他找到鼓勵和勇氣。她常說，沒有理論，也沒有方法，只有感覺，你有多少愛，你就有多少感覺。他覺得她給他的是一顆伊甸園中的蘋果，只有這蘋果能把他從一座火山化爲一面平靜的湖……

他覺得他們是賽馬場上兩匹並肩齊跑的馬，他知道在前面等著他的是勝利的獎金與人群的歡呼，他也知道自己能夠跑得最好，可是她卻對賽馬場中的光榮與喝采毫無興趣，她喜愛的是一片可以讓她休息的草原和一道可以讓她喝水的清溪，她常陪他跑著跑著就不見了，等他回過頭來找她的時候，她卻在遠方的草原上悠閒地散步，她常告訴他：

「你往前跑吧！我知道當你有一天跑累了的時候，你就會回來的，就讓我在這草地上等你回來好了。」

周圍是一片加油的喊聲，因爲所有的人都知道他是一頭天生的快馬，大家都把賭注下注在他的身上，可是沒有她，他眞的不想再跑下去了，他經常在一種孤獨，一種矛盾之中完成一場又一場的競賽。

……

「蛇蝎在手，壯士斷腕」，你必須割捨得下目前的幸福，別忘了這棲雁山的一草一木、一磚一瓦都是你這十年來的心血，你的生命裡可能出現另一片黑髮，可是不會再有第二個棲雁山。能夠解纜放舟，才是智者。

固然世上到處都有黑髮，可是你能握住的只有你現在手中的這片，弱水三千，你能飲的也只有這一瓢，當你再伸瓢入水，舀起來的已非前水，如果你連一個身邊的女人都不能愛，你又如何去愛你的眾生？就好像爲了一個抽象的、觀念中的「愛」字而捨棄自己最原始的感覺，不是很荒謬的嗎？有一天你也會發現，縱然你是站在棲雁山的最高峰，你依然只是一個寒冷而寂寞的人罷了，智者固然解纜放舟，可是心隨舟去，也是徒然。

……

如果你只是一個台下的觀眾，你可以隨時起身離座，可是你不是，你已經是上了台的演員，你就必須繼續扮演你在台上的角色，你想想看，要是一群伏地膜拜的信徒，當他們抬起頭來，發現自己膜拜的菩薩已經走了的時候，他們會是什麼樣的感覺？

其實你也知道，菩薩只不過是由抽象觀念所凝聚起來的一個具體形象，一尊菩薩倒了，他們自然會去尋找另一尊菩薩去膜拜。這個世界上有坐轎子的人，也有抬轎子的人，可是別忘了還有既不坐轎也不抬轎的走路人，你既然剪不斷那一縷黑髮，你何不走下你的轎子？決定你幸福與否的不是那些抬轎子的人而是你自己。

……

「白雲無心，流水無住」，可是雲散水枯，你歸何處？

雲散了，還有皓月當空，水枯了，水底自有明珠再現。

……

他覺得他自己才是兩條相互糾纏相互啃噬的蛇，一條是對自己和那片黑髮的執著，一條是棲雁山和僵死在框框裡的傳統，他看著這兩條蛇彼此糾纏而又彼此啃噬，卻不知道誰先吞沒了誰？她來棲雁山，只是來告訴他一句話，一個平凡的事實，她沒有要求，也沒有逼他做任何的決定，可是她走了以後，那片吹在風裡的黑髮卻化成了兩條都名叫自己的蛇。

……

他終於決定不再閉關苦思，他決定走出他的書房，他站了起來，打開了緊閉著的窗戶，一陣清冷的西風破窗而進，窗外，橙紅的柿子懸掛在光禿的樹枝上，他好像看到柿子樹的枯枝上，已經開始長著青青的綠葉。

又見柿子，他決定再上一趟他已經離開了十五年的落馬湖。

篇外

在同一天的報上出現了三則雲水上人的消息。

消息之一是雲水上人閉關期滿，已於日前出關。

消息之二是某國立大學研究所的女學生，看破紅塵，在棲雁山海嶽寺落髮出家，受戒的儀式由棲雁山宗長雲水上人親自主持。

消息之三是第七屆世界佛教大會將於明年十二月二十六日在韓國棲雁山海嶽寺召開，有十二個國家的代表出席，大會的主席大家共推雲水上人擔任，上人並將於大會中宣讀論文，論文的題目是：

傳統佛教婚姻觀之再檢討。

原刊於一九八二年二月十——十一日，《聯合報》副刊

選入《七十一年短篇小說選》，爾雅

選入《中華現代文學大系・小說卷》，九歌

附記：

本文中的人名、地名與故事情節，純是虛構，如果與今日東亞各國的佛教界有所雷同，純是偶然。

流星

最後的箭之一

1

當他第一次出現在這個村子的時候，幾乎所有的人都怕他，孩子們怕他蓬亂地飛舞在風裡有如獅子的那頭長髮，也怕套在他左手腕臂上的那三隻閃閃發光的金鐶。在他走路的時候，那金鐶發出鈴鋃的聲音，如果是在靜寂的暗夜，那鈴鈴鋃鋃的聲音尤其顯得清脆而且神祕。每當孩子們在夜裡睡夢中聽到逐漸逼近而來的金鐶鈴鋃的聲音，即使是睡在大人的身邊，也仍然會不自覺地把頭縮進棉被裡。

村裡的男人怕他，倒不是因爲他比村裡的任何男人都要高大魁偉，而是他背上的那隻紅色的弓。只要是打過獵或是當過兵的男人，都會一眼看出那不是一張平常的弓，那種紅色也不是常見的棗木紅，而是一種有如新湧出的鮮血一樣的血紅。村裡的男人私下互相估量，要有多大的力氣才能拉得開這隻比平常獵弓要大兩倍的血弓呢？可是又使村裡男人疑惑的是，怎麼他的身上沒有箭囊，而只是把一隻一端繫著白色羽毛的箭緊緊地握在手裡呢？

村裡的長老胡老爹卻告訴人們說，這漢子的長髮和他的弓並不是最可怕的，他的身上有比弓箭更可怕的東西，就是他平常被長髮蓋住而只有長髮被風吹起才能看得到的那雙眼睛。胡老爹說，有一年他在漠北的草原上見過這種有如晨霧般的灰白的眼睛，那不是人類而是狼的眼睛。胡老爹說，這漢子的那雙眼睛也一定是會變色的，當他睜開的時候，黑色的眼珠將會變成一種有如寶石一樣發光的藍，因爲漠北草原上的狼，經常是半閉著灰白的眼睛，當狼睜開眼而發出藍色透明的亮光的時候，也就是狼要吃人的時候。

日子在日出日落風裡雨裡過去，村裡的人又開始他們經常的生活，男人們在日出時出門種地或是打獵，女人們在家織布或到河邊洗衣；時間久了，屬於這異鄉漢子身上的神祕與恐怖也逐漸地褪色，因爲人們知道他只是在風裡雨裡進城出城，知道他身上雖然有隻使人看了不順眼的血弓，可是也都知道他手上也只有那麼一枝唯一的箭。更主要的是，大家等了半年，他那雙有如晨霧般灰白的眼睛始終還是有如晨霧般地灰白，並沒有放出過什麼使人期待的藍色透明的亮光。

當他在人們的眼中不再神祕不再恐怖，他的缺點也就越來越多了起來，他們先說他根本就是個睜不開眼睛的瞎子，後來又說他不但瞎，並且還是個啞巴，因爲半年來，人們只見他走路時像是自言自語地動著嘴巴，可是誰也沒有聽見他說的任何一句話。

這麼一個又聾又啞的瞎子，又有什麼可怕的呢？

只有李大娘家的小杜子堅持說這漢子不是啞巴，小杜子說他曾經跟在漢子背後走了大段的路，他說這漢子一面走一面像是念咒似地喃喃反覆著同樣的四個字；小杜子說他聽清楚了這四個字是「天下第一」、「天下第一」。

他身上的衣服已經破損不堪，幾乎已經包裹不住他那高大的身軀，露出胸前一片有如橫生雜草一般的胸毛，加上他黑色的長髮，黑色的鬍子，使他遠望有如一隻黑色的怪獸。

哪有手上套著金鐶的人卻買不起一套身上的衣服？哪有人經年累月地只是反覆地念咒？於是村子裡的人又有了新的結論，他是瘋子。

他臂腕上的金鐶所發生的鈴鋃之聲成了這個村子的娛樂的信號，以前在夜裡聽到鈴鋃的響聲就會把頭埋進被窩的孩子們，如今白天每聽到這聲音就會一面飛躍地跑出屋裡一面呼朋引伴地高叫：「快呀！快來看『天下第一』的大黑熊啊！」一群孩子跟在他背後喊叫，用從大人們學來的髒話罵他，等到孩子們見他毫無反應地繼續往前走的時候，孩子們就大著膽子撿小石塊朝他身上亂丟，孩子們以他做為遊戲的對象，比賽誰能夠用小石頭擲中他腕上的金鐶。

河邊洗衣服的婦女也開始加入了娛樂的行列，先是去年新寡的林家三媳婦說了一句同情的話：

——這漢子也怪可憐見的，你看他身上，傷痕那麼多，也沒人爲他洗擦洗擦，衣服那麼破爛，也沒人爲他縫縫補補，唉，可惜了，這大好的五尺之軀啊！……

於是每當金鐶的鈴鋃聲響傳到河邊的時候，幾個洗衣的婦女就不約而同地一齊放下搗衣的砧，七嘴八舌地嘻笑起來。

——林姑，妳可惜他那大好的五尺之軀，何不拉他回去，把他請到炕上，替他脫了衣服，洗擦洗擦，縫補縫補……

——周嫂，妳不是一見他那片胸毛心頭就撲撲地亂跳嗎？妳去親親他的胸毛啊！可得小心，妳老人家那幾根瘦柴骨可禁不起這黑黝黝大漢子的兩三下……

——林姑，妳去摸摸他褲襠裡有沒有東西，說不定比妳家棒棰還好用呢……

——柴大妗子，妳不是老抱怨妳家柴大太短了些嗎？妳看那漢子，左手臂比右臂長出好多，說不定他還有更長的地方呢？……

……

村裡的長老胡老爹帶著幾個持木棒的男人圍住了他，那些男人也像河邊洗衣的女人一樣七嘴八舌地戲弄他：

——傻大個子，咱兄弟們瞧不慣你身上那張血紅色的弓，你要是有種，你就射一箭給咱兄弟們瞧瞧，只要你射中百尺之外的那棵大槐樹，咱兄弟就放你過去。

「……」

——你不敢是不是？你怕射不中是不是？那麼，傻大個子，咱再告訴你，你既然射不中百尺之外的槐樹，那麼射你面前的咱怎麼樣？我站定了，你來啊！

「……」

——連站在你眼前的咱都不敢射是不是？那你烏龜穿甲，裝什麼好樣兒的？

「……」

——傻大個子，你既然又聾又啞，那麼你睜開眼睛讓咱兄弟看看你到底瞎不瞎總行吧！你不是有雙會發藍光的眼睛嗎？來啊！睜開你的眼睛吃人啊！

「……」

——老七，你和這傻屌囉唆什麼？快動手啊！

——傻大個子，既然你看不起咱兄弟們，連正眼也不瞧咱兄弟一眼，那你也就別怪咱兄弟不客氣了。

「……」

他們用木棒打他，像是打在一塊沒有反應的石頭上，他們看到鮮血從他嘴邊緩緩流出，緩緩地滴落在綠色的草地上……

他們終於費力地把他打倒在草地上，從滿是鮮血的那隻奇長的左臂上褪下了那三隻閃亮的金鐶；有人想去拔他手中的那枝箭，可是不管如何使勁，卻始終拔不下來。

那夜他們在紅玉鋪子喝酒，胡老爹一個摸著手裡的閃亮金鐶，一面告訴這些年輕後生當年他在漠北草原上見狼的往事……

2

老師，如今我像孤魂野鬼似地活在這個惡人莊，這是我長期自我放逐的最後一站，我想我是不會再離開這個地方了，因爲只有這個地方沒有掌聲，沒有同情，沒有溫暖，這個地方有的只是冷酷，村子裡的人，從老人到婦女，甚至連小孩子也都是冷酷的。我把自己安置在這個充滿惡人的地方，是因爲我不再需要別人的同情與溫暖，不再需要別人的掌聲，我甚至不再要求別人對我諒解與寬恕，因爲連我自己都不再寬恕自己的時候，我又何必再要求別人的寬恕？

老師，我長期以來的自刑，是因爲我在你倒下的那一剎那，我在你的眼睛中見到了你對我的寬恕。你的寬恕使我完全崩潰。我寧願在你眼中看到你對我的憤怒與仇恨，我寧願死在你的箭下，也不要見到你對我的這最後的寬恕。老師，這十多年來，你能做到的一切我也都做到了，你所教過我的一切我也都學到了，可是老師，你爲什麼沒有早些教給我「寬恕」。老師，你爲什麼要寬恕我，爲什麼你不拔出你最後的那一枝箭？

逢蒙，最強的人也就是最脆弱的人，強者縱然能夠天下敵，縱然天下再沒有人能夠殺

你，但你隨時都可能殺了你自己，因爲強者就像流星，雖然燦爛耀目，燃燒的卻是他自己。

老師，你怎麼會想像到這一個你一手教出來的強者，如今卻像一隻野狗一樣地流浪在這個陌生的村莊裡呢？這些年來，我從一個陌生的城到另一個陌生的城，從一個陌生的村到另一個陌生的村，對我來說，流浪早已不是詩意的名詞，而是不知道自己還有沒有明天的一個殘酷的事實。我知道我必須喝牛蹄踏過的腳印裡的積水，我知道我必須忍著飢餓去走那些永遠沒有盡頭的路，男人用木棒擊殺我，婦女用淫穢的笑聲嘲笑我，孩子也像面對一隻失去了抵抗能力的野獸般地戲弄我。在任何情形之下，我都半閉著眼睛，因爲我知道只要我睜開眼睛，當我看清楚站在我面前的那些醜惡的眼睛，我必定殺人。

逢蒙，當我射出第二枝箭的時候，我已經知道是你了，因爲天下除了我以外，再沒有第二個人能有你這樣的箭勢和射法。你的前九箭，力道均衡強猛，可是第十箭卻心神不寧了。逢蒙，告訴你一個天下沒人知道的祕密，就是我身上還有最後的一枝箭，當我留下了天上最後一個太陽的時候，我也留下了最後的這根箭，最後的箭原是留給我自己的。

逢蒙，拿著我的彤弓和這最後的一枝素矰去吧！記住，你現在已經是天下第一的箭士，記住不可再殺人，不可……

老師，在你倒下之前，你用最後的力量折斷了我的弓而把你當年射落九日的彤弓給我，是爲了成全我追逐天下第一強者的野心嗎？老師，你是爲了教我這「不可殺人」的最後一課而沒有拔出你最後的這根箭嗎？

可是老師，當我背起了你的彤弓，當我站在嵩山少室的孤峰絕頂，爲什麼我感覺到的不是天下第一的強者榮耀而反倒是無限的淒寂呢？

老師，當年是你在馬上射落了錦衣飛衛射向我的那根箭而救了我，而你一定沒想到多年以後你一手教出來的學生，卻取代了錦衣飛衛而成爲禹王城中夏王手下的第一箭士。老師，是夏王命令我殺你，夏王因爲你在民眾間的聲望以及你對他的不合作政策，覺得你的存在是他王朝的嚴重威脅。是神箭紀昌告訴夏王：「天下能夠殺羿者，唯有逢蒙。」不，老師，這些只是表面上的事實和表面上的原因，我知道最眞正的原因是我，我心中多年來一直存在的一個念頭；眞正想殺你的是你費心教了十二年的學生，因爲長期以來，我對你一直是一種既敬愛又嫉恨的矛盾感情，當你多教我一分，當我的箭術進步一分，我對你的嫉恨也隨著增長一分；我總是覺得你我是宿命式的對立，你用十二年的時間不遺餘力地要培養我成爲天下第一箭士，可是老師你卻忘了，只要有你存在，我就永遠成不了天下第一。我用你教我的箭法，一箭一箭地射殺了中原各地的箭手，當我在禹王城夏王面前和錦衣飛衛對箭，當我一箭射穿了他的前胸的時候，我知道天地之間我已經沒有對手，如果有，那就是我的老師你了。在我們十多年的共同生活中，你是我的老師，你是有如我父親般的老師，可是在箭道的路上，你卻又是我最大的敵人。

逢蒙，兔死狗烹，鳥盡弓藏，不要貪戀夏王給你的權勢和地位，跟我回通古斯的老森林去吧！那裡有廣大的草原，有獵不盡的鳥獸，我們去吧！

老師，爲了逃避你我之間的這種宿命的對決，爲了逃避我心中時常湧起的殺意，我只有離開你，只有拒絕和你回到東北的森林。我只有去走另一條背叛你的路，才能擺脫你在我心中的影像，只有完全離開你，我才能感覺到我自己的存在。對我來說，離你最遠的一條最不相同的路就是更靠近你的敵人夏王；憑著你教我的箭法，我爲夏王除了反對夏王朝的諸多異己，我像一隻忠實的獵犬守護著牠的主人般地護衛著夏王，我以夏王的喜爲喜，以夏王的怒爲怒，我是夏王的眼睛，夏王的耳朵，我是他手上最高的錦衣殺手。我只是以夏王的喜怒去殺人，從來沒有靜下來去想想我爲什麼要殺這些人，多少正直的箭士只爲了反對夏王而死在我的箭下，多少無辜的文人也只因爲反對夏王而被我射殺……我只是例行地拔箭，多少年來我只是例行地殺人……

老師，如果你回通古斯草原以後，我們不再見面，我想時間也許會沖淡我心中對你的嫉恨，因爲我已經習慣了夏王給我的權勢與富貴，我也習慣了整個禹王城人們對我表面的畏懼和背後的憎恨。當夏王聽說你在通古斯草原聯絡了北方的狄人和東方的夷人將要南下中原的時候，他命令我前去招降，你的拒絕原是我意料中的事，而對我來說，另一個更大的目的是要去試試你的箭。我總覺得離開老師以後的這些年，我用了無數前來京師的箭士做爲箭靶子練箭，而你只是在冰封千里的草原上獵豕射雁，只要我能證明我可以勝過老師半箭，我想我就能平熄心中多年的妒火而只留下對你的敬愛。

老師，幾年不見，你的鬢邊已經平添了許多白髮，而你手上拿的又是普通獵戶所用的木弓竹箭，看到你，我覺得有些心酸，心酸的底層卻又有若干隱約的得意。老師，我覺得幾年的森林生活已經使你衰老，我覺得勝過你已經是沒有問題的事，我覺得心中舒泰，那股嫉恨的火焰已經逐漸化爲輕煙，於是我不再和你談箭，只是靜靜地聽你訴說一些獵獐射鹿的鄉間瑣事，老師，就讓你用你的木弓竹箭去獵獐射鹿，而讓我用我的箭繼續殺人吧！老師，我們終於各自走著各自的路。臨別，你送給我那三隻當年師母留下的金鐶。

是那群掠空而過的雁又把我們帶回了那個宿命的悲劇裡去，老師，你眞的已經教我太多，你教我眼睛不瞬，我練到能夠面對逼眼而來的刀尖而不眨眼；你教我將極小的物件能夠看大，我練到能夠把一隻蝨子看到同車輪同樣大；在你的教導下，我能夠看大小東西都如同邱山般地大，所以我能臨危不亂，箭無虛發。可是老師，直到那天射雁以後，我才知道我還有那麼多尚未學到的東西，老師，不是你不要教我，而是我太急著離開了你。

我一連三箭，都射中了那三隻雁的眼睛，而且三隻雁是落在同一個地方，而你卻只用那木弓上的一根竹箭，當我看到那三隻雁並列地貫穿在你的竹箭上落下的時候，老師，我只感到眼前是一片無限無盡的黑。

逢蒙，你一連三箭都射穿了雁的眼睛，可是你射不到第四隻雁，因爲前面的雁被射落以後，後面的雁群勢必驚慌大亂，不再成行。你要從後面的雁射起，要使後面的雁中箭落地而前面的雁仍不知覺地繼續前飛；這樣你才能隨心所欲地獵雁。其實我也還不行，以前我的老師甘蠅，他晚年連這種竹箭也不必用，只要將弓對空中拉滿，那拉弓的聲音就能使雁驚落下來……唉，前幾年我要你跟我回到這草原來，主要的也是希望我們能夠在草原的隱居生活中體會一點箭道罷了……

是那三隻並排貫穿在竹箭上的雁，使我在崩潰的絕望中又燃起了嫉恨的火焰，老師，那時我心中充滿了一股無名的恨，我恨蒼天，恨命運，我恨老師你，也恨我自己，我恨爲什麼我們兩個人要同時存在於這個天地之間。老師，我知道我只有一個方法能夠勝你，一個多少年來一直緊壓在我心底而我一直不敢去碰的方法。

逢蒙，爲了讓北方的狄人和東方的夷人都能夠平安地過日子，我終必還是得回中原的。

我跪在面前，淚流滿面地求你不要再回中原，我在心中祈求上蒼不要讓我們師徒再度碰面，老師，求你答應我，那是我最後的掙扎，是我魔性逐漸升起之中的最後的一點人性的靈光。我逐漸感到身體中一股毀滅的力量不斷地擴散，老師，我知道，可是我再也壓制不住這股逐漸擴散的魔性。

老師，依照夏王和神箭紀昌的意思，他們是主張派兩百名箭士埋伏在桑林神社後面用亂箭攻你的，是我堅持他們不能這麼做。我覺得這是我的事，是我唯一不爲了夏王而殺人的事，是我與老師宿命的最後對決；如果我僥倖成功，我就可以消除心中的那股魔性，如果我失敗，我在我最敬愛的老師您的箭下，我也沒有任何的遺憾。

老師，天下只有我知道老師自從射落天上九日以後，身上永遠只帶九枝箭，那天我帶了十枝箭，我知道那最後的一枝箭將是我最後唯一的機會。

我從神社後面迎面向你射出了第一枝箭，可是我的箭卻在空中和你的箭對上，兩個箭頭恰恰相碰，兩枝箭一齊落地，二枝、三枝……箭箭如此。我心中數著，第八枝，第九枝……當第九枝箭在空中相遇、相碰、相落，我看到你騎在馬上穩然不動，我用顫抖的右手拔出了身後的第十枝箭，老師，原諒我，原諒這個你一手培養出來的學生。

第十枝箭射出以後，你應聲而倒，從馬上跌落，我飛奔向你，我突然覺得喉頭一甜，吐出的卻是一口鮮血，我覺得眼前又是一片無限無盡的黑，像那天在通古斯草原上看到竹箭上的三隻雁。

3

黃昏，夕陽滿天如血。

一個打了一天柴的樵夫，要走進桑林的神社去歇歇腳抽袋子旱菸，當他推開神社的大門，數隻烏鴉「哭——哇，哭——哇」地鳴叫著奪門而出，接著樵夫看到一個巨大的漢子依牆而立。樵夫認得這漢子，就是每天風裡雨裡出城進城的那個又聾又啞又瞎的瘋子，那個任人欺凌任人嘲笑戲弄的傻大個子。

漢子的那隻奇長的左臂向前直伸著，手裡緊握著那隻血紅色的長弓，那枝一直握在他手中的唯一的箭卻平直地插在漢子自己的喉嚨上。樵夫連吞了幾口唾沫，定了定心，終於大著膽子走近前去，這才發現站在牆邊的這漢子早已死去多時。

大漢身後的白牆上，寫著「天下第一」四個大字，四個朱紅的大字依然散發著一股令人嘔吐的血的腥味。

夕陽透過神社半掩的柴門照進屋裡，樵夫突然渾身不由得打了一個寒顫，他看到大漢的眼睛，那是兩隻睜得滾圓的眼，那眼睛在夕陽餘暉的照射下，藍色的瞳孔發著一種有如寶石般的亮光。

是那對眼睛使樵夫覺得雙腳顫抖，渾身發毛，他要趕快離開這個恐怖的地方，他要趕快地奔回村裡。他要告訴村裡的所有人，那個傻大個子站著死了。他要告訴村裡的所有人，那個背弓握箭的瘋子雖然又聾又啞，可是絕對不瞎。

「哭——哇，哭——哇。」

桑林間傳來一陣陣的鴉鳴。

黃昏，夕陽滿天如血。

寒月

最後的箭之二

1 雪

……雪在下著。

白色的黃昏逐漸開始籠罩著整個曠野，崑崙山上是一片茫茫的寂寞一片茫茫的白。

……

此來西方兮

一路白骨

再歸紅塵兮

滿身鮮血

……

呼嘯的風聲中傳來一陣隱隱約約的歌聲，是巫凡帶著她的四個妹妹，拿著藥鋤和竹籃在雪地林間採了一天的藥材，正在回家的途中，巫凡身上的黑衣如同她頭上的黑髮，隨著走動的腳步輕飄在層層落下的雪中，如同晴空之中飄忽而來的雲。她的妹妹們身上各穿著不同顏色的衣服，飄在風中的這些顏色，使寂寞的白色天地間添加了不少的暖意、不少的活氣。

大鵟、少鵟、小青，三隻終日陪伴巫凡姐妹的赤首黑目的青鳥似乎也耐不住連日的吹雪，都緊縮著脖子在棲息的松枝上閉上了眼睛。「嘩啦」一聲，被積雪壓斷的枯枝像標槍一樣地拋下來，怒濤一樣的野風，把林間的枝葉搓揉得像是魔女的長髮一樣地亂舞。

青綠色衣服的巫桑，火紅色衣服的巫湘，白衣的巫皓和黑衣的巫凡，她們是春是夏，是秋是冬，她們是崑崙山上的四季，只有最小的巫晴不屬於四季，她是花的精魂，是灑花的雨，是雨化的雲。她穿著一襲淺淺粉紅的長衣，那是一種近似乳白的粉，是一種若有若無的紅，她的長衣上有朵朵小小的白色碎花，她說那是四月的流蘇，是開時如雪落時也如雪的流蘇。

雪，還在繼續下著……

嘎——嘎——

隨著鳴啼，大鵟在松枝上的積雪尚未落地之前，已經像箭一般地飛出，少鵟和小青也隨著直線而去，在三青鳥飛奔的方向，她們看到雪地上出現了一個逐漸移動向前的黑影。

——你們快看，那是什麼？

——可能是一隻覓食的狼吧？

——不像，狼不怕深雪，不會走得那麼慢，可能是雪山裡來的熊。

——不，不是狼也不是熊，是一個人。

——胡說，人怎麼可能到崑崙來？千古以來就沒有一個凡人上過崑崙山。

幾個女孩一面七嘴八舌地爭嚷著一面跑向雪地中的那個黑影，當她們停住了腳步，她們看到站在自己面前的是一個人，一個全身沾雪的男人。

巫晴愣愣地打量著這個雙膝陷在雪中的男人，她看到男人手裡握著一隻比平常獵弓要長兩倍的紅色的巨弓，那種紅色不是牡丹也不是深棗的紅，而是一種有如新湧出的鮮血一樣的血紅，這隻血紅的長弓，使她想起火中的雪，雪中的火……

巫晴看到男人握弓的長臂有些微微的顫抖，她想，這個男人是用他手中插在雪裡的長弓來支撐著他整個的身體吧？她看到這個男人有一個挺直的鼻子和一張閉成一線的倔強的嘴，當她的視線移到男人連在一起的兩道濃眉下的眼睛時，她不由得心頭一緊，她看到一雙有如嬰兒的眼睛。這雙湛然如水的眼睛正也直視著她……

男人搖了搖頭，抖落掉凍在鬚眉上的雪花，兩眼像釘子一樣地盯著巫晴說：

「先給我食物，然後告訴西王母，說后羿求見。」

后羿說完以後，緩慢地閉上兩眼，身子搖晃了兩下，然後整個人向前撲倒在雪地上。

巫晴，飛奔向他……

2 藥

——后羿，你千里迢迢來此，爲的又是什麼？

——我來，是爲了向你求藥，西王母，天下只有你崑崙山上有不死之藥。

——后羿，你難道沒有看到崑崙下面一路上堆積的白骨？那些都是來此求藥的人，他們爲了一個不死的信念而卻死在遙遠的異域，你不覺得荒謬嗎？你也知道，如果他們不上崑崙，他們或許可以活得更長久些，可以安靜地死在自己的妻子兒女的身邊。

——他們求藥的動機和目的我不知道，我也不必知道，但是西王母，我要告訴你，我來求藥，不是爲了讓我自己不死，也許正好相反，我是希望借助你的藥來完成我的死，對我來說，生是一種完成，死也是一種完成。

——凡是眾生，皆必有死，即使你不去尋找死亡，死亡也自然會前去找你，你又何必刻意何必固執？后羿，你要完成的死又是什麼呢？

——道盡心安。

——你已經上射九日而下殺猰㺄，並且你又殺九嬰於凶水，繳大鳳於青丘，斷修蛇於洞庭，禽封豨於桑林……你能說你道未盡？你有天下最美的妻子嫦娥，你有得你眞傳的學生逄蒙，你有視你如君視你如父的百姓，后羿，你還有什麼不安的呢？

——在北方的狄人和東方的夷人未得到合理的安頓之前，在西方的羌人仍未擺脫做爲祭祀的犧牲地位之前，我道未盡，我心不安。

——在共工以頭觸不周之山之後，天地本來就是一個缺陷。后羿，人間的不平原是自古就有，只要是人，就注定了要彼此爭殺彼此毀滅，所以黑帝顓頊命重黎斷絕了天地間的通路，劃分了人神的界限。后羿，不要忘了你原是神族的一員，下界人間的事你不必管，連黑帝顓頊都管不了的人間世界，你又如何能管？

——當我舉箭射日，我清楚地知道我已步上了叛神的路，當我在人間看到有那麼多受苦的人群，西王母，我已知道我選擇了凡人的位置，我來求藥，是爲了讓我繼續活在人群之中，是爲了保住我現在的力量繼續爲他們爭取合理的做人的環境……

——流放幽州的共工，死於羽山的鯀，斷首於常羊山下的刑天……后羿，不要忘了這些都是叛神的下場，神是絕對的權威，是不可侵犯不可動搖的永恆。

——可是，西王母，請你也不要忘了，共工雖死，其後有逐日的夸父，夸父雖死，其杖化爲桃林，伯鯀雖死，其屍三年不腐，剖腹而有平定水土的大禹，即使是常羊山下的刑天，至今也仍是以乳爲目以臍爲口地操干戚以戰，這些叛逆的諸神，難道不是已經說明了天下沒有絕對的權威，沒有不可侵犯不可動搖的永恆？

——后羿，你何不試著放下，放下你的責任，放下你的欲望，去做一個篩花臥酒，抱月裁風的沒事人。

——我知道有一天我會放下一切的，但卻不是現在。

——要到什麼時候呢？

——等我重建中原華夏的秩序以後。

——后羿，重建華夏的雄心壯志，說穿了又何曾不是你放不下的一個欲念？何況以戰止戰，戰無休期，以暴易暴，暴無止日，你難道不應該把你心中好的壞的，一概放下嗎？放到無可再放之時，自然有你轉身之處。后羿，縱然你能依你的意願平定中原，可是以後呢？

——以後我會讓逢蒙長住洛陽，接替我的一切，我將帶著嫦娥回到通古斯的老森林去，去那裡過一個普通獵人的生活，我會守著她，到她白了頭髮，到她離開人世……

——后羿，其實連我也不知道世間到底眞的有沒有不死的藥，從來沒有人上過崑崙，也從來沒有人吃過不死的藥。我眞的不知道凡人吃了這藥是否眞的能夠不死，也許正好相反，也許吃了藥以後產生的是另一種可怕的變化，是好是壞，是眞是假，一切都是很難預測的……

——縱然是一個虛無縹緲的希望，也比安安靜靜的絕望要好，縱然嘗試的結果是更大的悲劇，也比因爲怕錯而不去嘗試好……

西王母回頭，望著並列站在身後的群巫說：

「巫晴，去取藥給后羿！」

巫晴應聲而去，西王母又回過頭對后羿說：

「后羿，此藥對你是福是禍，我很難說，但你一定要好好保藏這份藥。最後我有兩句話要告訴你，就算是你上崑崙的臨別贈言吧！」

「願聞。」

「記住『虛空粉碎，大地平沉』，要把所有的都一齊放下。還有要記住『世事無常，人心莫測』，不要過分地相信自己，也不要過分地相信別人。」

巫晴雙手捧著一個托盤進來，盤中放著一個錦盒，長跪呈給西王母，西王母沒有起身接藥，兩眼卻像一個慈母望著自己的愛女一樣地看著長跪地上的巫晴……沉默了好一會的西王母，忽然輕輕地嘆了一口氣說：

「交給后羿！巫晴，你帶著少鵹送他出三危山，然後讓綠耳帶他下山吧！白雲在天，山陵自出，道里悠遠，山川間之，后羿，此去人神殊途，相見無因，你就好好保重吧！」……

嘎——嘎鳥啼，少鵹如箭飛出洞口，直上雲霄……

后羿和巫晴飛身上馬，急馳而去。

身後傳來群巫的歌聲，歌聲飄在吹過耳邊呼嘯而去的風裡……

夜光何德，死則又育
厥利維何，而顧菟在腹
……
阻窮西征，巖何越焉
安得夫良藥，不能固藏
……

黃昏，野火橫空，雲霞甕甕。

3 劫

不是，也不該是急管繁絃，匆匆幕落，這一生於我，爲何痛切如斯，綺麗如斯？

新月如鉤，一如你我初識的三月，我一路迤邐而來，只覺山水俱已蒼茫，只知道你已天涯日遠。

每一個人心中都有一個無論如何也去不掉的影子，這影子無關乎歲月的湮沉和人間的滄桑，你走了以後，我才這麼清楚地知道，你的影中有我，我的影子是你。

后羿回來了，帶著他從崑崙取到的藥，帶著他成功的喜悅和關山跋涉的疲憊。他說他要帶著他的彤弓素矰和他心愛的逢蒙去平定中原的狼煙，他要開始依照他的意願去重整華夏的秩序……

我靜靜地聽他訴說西上崑崙的一切，奇怪的是我心中爲什麼沒有參與的喜悅？我只覺得對我來說，崑崙是個遙遠的世界，一如屬於他的那個爭戰廝殺的世界於我是同樣地遙遠，這種咫尺的遙遠，就像他不能想像的是我溫順容顏以外的天地，我只是希望，希望再回到你那杏花滿地的小巷，爲你在寒夜中再沏一壺溫熱的苦茶……

夢中你是來過的，有一回是在一個濕凍的午后，猛然的驚覺，連急促的心跳都還在。我知道與你相遇相知，相欣相悅，都是我自己生命的流變，這種流變是全然與天地無干，是命中不可避免的劫。

多少年來，我不再是我，我只是神箭后羿的妻子，是被人敬被人畏的神箭的妻。全洛城的人爲他歡呼，是因爲他們看到他射殺對方以後的勝利，而我看到的卻是伏在被他射殺的箭士屍上痛哭的女人的淚。我不懂你們男人爲什麼老是要活在一個廝殺爭奪的世界中，我也不懂爲什麼每個男人都必須以各種不同的方式去擊殺另一個男人，是不是越是強者就越有更多的疑懼和不安呢？否則他何以縱使赤裸著身體面對自己的妻子的時候也還忘不了他放在枕邊的箭？有時候我眞的覺得這些年來，他夜裡擁抱的是我的身體，而我面對的卻是那隻血紅的弓和那些慘白的箭。

或許，他之所以愛我，只爲了我對他溫馴如貓，或許也只是因爲我美麗的容顏？或許他更愛的是他的學生，他的朋友，以及他的雄心與野望。不，他最愛的還是他自己，那個建立在他的弓和箭上的自己。

是水也是火的嚮往，是洗濯也是焚燒的欲望。廊下我回頭向你，我知道回眸的一瞬即是千古，即是不能回歸的永劫。我知道如果我繼續前走，你我終將只是擦身而過的陌生人，下次再遇，或許又將是一個五百年的等待。她們說你是來自遙遠的楚地，她們說你渾身都是南蠻的氣息。而我初見，卻是落櫻樹下自以爲永恆的你。

當你指著杏花深處的小樓說那是你的住處的時候，我眞的不想知道你，當你張開紙傘納我於傘下，我還在提醒我自己，告訴自己你只是來自楚地而終將仍回楚地的蠻子，只是一個帶著一雙狡黠眼睛的神祕劍士。可是見你大步走向滿地的杏花，爲何我滿心喜悅一如漲岸的潮水？爲何我覺得自己原該也是生於楚地的小蠻？

是不是每個男人都必須是一隻在海上掙扎的船？是不是如人都只是讓船暫時停泊的港？他常說，是鳥就必須飛，是船就必須出海，是武士，就須殺人，或者被殺。我曾不止一次苦求他放下手中的箭，遠離血流五步的爭殺，讓我們回到通古斯的老森林去過平凡的日子，每次他的回答只是溫和的笑，溫和地告訴我時機未到。我不知道他所說的時機是在什麼時候，而我只是知道女人的青春有限，明日的白髮即將取代今日的紅顏。我知道月圓月缺，我知道乾涸水底的泉和枯草底下的綠。我知道完善是美，殘缺也是美，我知道我活著只是爲了一份美和一份愛，我要在花落之前，眞正地爲我自己再活一次，再愛一次。

是那個燠鬱的六月天，窗外嘩嘩的下著如淚的雨，你望著屋檐下滴落的雨滴，滿臉肅穆地抽出了你的長劍，刀鋒乍露時，我只覺得寒光射目。你一面靜靜地擦拭著長劍一面告訴我你將歸去的消息，你說你就要回到湛湛江水楓林如火的楚地。我不知道說什麼好，只是呆呆地望著你的一臉肅穆和你手中的劍，長劍的刀身，泛著青澄之色，淨若秋空。

你將長劍入鞘，仔細地繫起刀扣上的絲繩，在一片鴉雀無聲的清涼和寂靜裡，我聽到有蟲兒在草間隱隱約約地啼鳴，我望著窗外，只見朦朧的晴空有一輪暗淡的月。

小蠻，你知道我原爲試劍而來中原，這些日子來，我暗中觀察過洛陽城中所有的武士，我知道能夠抵擋住我三劍的或許只有逢蒙，我暗中也看過后羿的箭，我知道他是我唯一的對手。我固然沒有把握能夠躲過他的箭，可是我也很難說他能不能在我連續出擊的劍下全身而退……可是如今這些都不重要了，爲了你，我不要死在后羿的箭下，也爲了你，我也不要后羿死在我的劍下……

使我訝異的是你說這話時，柔靜而且平和，沒有那般煙火氣重。平常你總是對我兇也對我柔，像個任性而率眞的孩子。你靜謐的臉上浮現著無限的自重和自信，使我突然警覺到眼前這個使我喜悅使我憂傷的孩子，已在一夜之間成長。是你悟出了什麼？或是一份愛一份離別而逼得人不能不成長？

見你跨鞍上馬，見你回頭向我：

小蠻，告訴后羿，希望他和逢蒙能夠好好穩住中原的秩序，否則只要中原一有風吹草動，南方的楚王必將率領蚩尤的子孫前來問鼎……

你黑色的斗篷飛揚在風裡，你的話語飛揚在風裡，你揮鞭直馳南方，奔向灼灼桃花的武陵，而你，你爲什麼不回頭看看我眼中的淚……那時我只恨手中沒有箭，那時我眞想一箭把你射死。

你走了以後，我虛弱一如一隻脫皮的蛇，我在舊殼已碎而新殼未成之間尋找自己，找到的卻是雲起雲落，虛空以及大死。我知道我必得再活，當我復甦，是否還能見到立於落櫻底下自以爲永恆的你？

遠天新月如鉤，眼前的草色近有似無，這片連天的綠草，就是我歸家的路嗎？

4 歸

月明如水。

洛陽城已是華燈初上的時候。

后羿的帳中燈火輝明，八名執戟的武士分列兩旁守衛著營帳的入口，居中而坐的后羿，背後掛著他的彤弓，他的箭囊還是掛在他的腰間，一張巨大的地圖攤在他的面前，他正在用手上拿著的匕首，在地圖上尋找他要出兵的夏王禹城……

突然一聲嘶叫的馬鳴劃破了帳房外的暗空，和一陣鈴鋃聲響的同時，一個高大的青年飛奔入帳，倉皇撲地：

「老師！老師！」

后羿抬起頭來，看著眼前汗流滿面的青年，聲音溫和慈祥地說：

「逢蒙，你怎麼啦？」

「老師，剛才西城的守衛來報，說師母，師母她……她……」

「嫦娥怎麼了？」

「師母，師母她……她出城去了。」

「什麼?」

「師母出西城去了，她交給守衛這三隻金鐶，要守衛送交老師。」

「……」

伏在地上的逢蒙，看到后羿放在地圖上的雙手逐漸握緊，后羿的兩眼直盯著逢蒙手上的那三隻金鐶，逢蒙看到后羿逐漸收縮的瞳孔放出有如利劍的寒光，那寒光使逢蒙覺得全身戰慄，手中的金鐶因發抖的手而微微作響……

刷——的一聲，在后羿擲出左手的匕首而起身的同時，他的右手已經取下了掛在背後的長弓，匕首柄上的紅緣猶然兀自在帳營的木柱上搖曳不停。后羿以一種因爲極度憤怒而變得撕裂的聲音命令逢蒙：

「帶馬——」

……

如水的明月，靜靜地照著滔滔而逝的洛水。

一陣急促的馬鈴聲響由遠而近，洛水河岸的長堤上，兩匹快馬飛馳而來……

一聲馬鳴，緊跟在后羿身後的逢蒙，突然勒馬：

「老師，你看!」

他們看到如水的明月之下，晴空中一個衣袂飄飄的身影正向著月亮的方向緩緩上升，后羿舉弓拔箭，箭在弦上，指向明月……

夜風吹過洛水河岸的柳堤，風中飛揚著后羿的長髮一如那些狂舞在風中的柳，逢蒙的耳邊是滔滔的水聲和颯颯的風聲。他感到時間與空間都在后羿的箭上凝聚停止，他目不轉睛地望著茫然坐在馬上不動的后羿……

「老師！」

「……」

……

飄飄向月的身影越來越小，馬上的后羿依然像尊石像似地舉弓向月，月光照射著后羿的臉，逢蒙看到在后羿蒼白的臉上，一道血痕從他緊閉的雙唇間流出，一直流到他的下頦……

「老師！老師！」

終於后羿緩緩地放下了他的弓，他把箭插回了箭袋，舉起衣袖輕輕地揩拭著臉上的血痕，望著晴空的明月輕輕地嘆了一口氣說：

「讓她去吧！」

逢蒙覺得老師的聲音，無比地溫和，但也無比地蒼老。他們師徒勒馬回頭，緩緩步向遠處燈火已經點點的洛陽城……

如水的明月，映在滔滔而逝的洛水水中。

落日

最後的箭之三

1

縱然你已經不記得我的容顏，但你總該記得我身上的點點碎花，你說過那是開時如雪落時也如雪的四月流蘇，你可以忘了冰封千里的崑崙，可以忘了不周山南欲斜的山月，可是，你怎麼可以忘了我？

大雪從空中不停地滾滾落下，弱水兩岸，積雪五尺，只有一些疏落的樹木散布在白色的天空與大地之間，弱水河中的流水，依然清湛如藍。巫晴脫下身上的斗篷，抖落了上面的積雪，一面舉手理了一下自己的頭髮一面說：

——后羿，這就是弱不能載負鴻毛的弱水，也是非乘龍不能渡的弱水，神駒綠耳會渡你過水，渡河之後往前走是流沙之濱，再過去就是不周之山，出羽淵和崦嵫山以後，你就可以東下崑崙，再回中原……

后羿翻身下馬，從箭囊中拔出一枝白色的翎箭，遞給馬上的巫晴，然後雙手合掌胸前，長揖而禮，在他靜謐的臉上，浮現著無限的肅敬之氣。

——這枝箭，就算是我西上崑崙留下的紀念，朔風野大，雪重霜寒，姑娘請回。

巫晴重又披上她的斗篷，掉轉馬頭，卻又回身望著站在雪中的后羿。

——崑崙七日，不知人間多少甲子，后羿，你走吧！記得洛水河岸，四月流蘇如雪。

巫晴策馬而去，身影漸行漸遠，后羿的腦中忽然像是追逆遙遠的記憶，浮起了各種巫晴的影子：

雪地中飛奔向他的巫晴。

寒夜中送羊奶給他的巫晴。

身上長衣，碎花一如流蘇的巫晴。

……

望著巫晴的影子越來越小，終至消失於雪林之中。后羿抖落了一身的雪花，縱身上馬，眼中發出血紅的激憤之情，大有上沖霄漢之勢，對著綠耳說：

——綠耳綠耳，讓我們渡過弱水，重回人間。

綠耳長嘶一聲，聲裂萬里晴空，縱身而起，一人一馬，緩緩落入湛然如藍的弱水之中

……

你是忘了我對你所說的五百年後洛水河岸流蘇如雪時的期諾嗎？我不知道時空凝聚的五百年到底是多少的時光，可是我知道只要是有情的世界，就有太多五百年的期許和五百年的

等待，是一個刹那，也或許是一個永恆。那天你帶著你的學生逢蒙和你的四名衛士大步踏進我家，你來是來找我的丈夫河伯馮夷，唉！說什麼好呢？我能說他不是我的丈夫嗎？

我一眼看到的是你的鬢邊已經平添了許多的白髮，額上的皺紋有如刀削的傷疤，你的臉上浮現著無限的疲憊與風霜，你怎麼也在時間裡老去？你不是阻巖西征，西上崑崙取到了不死的藥嗎？那藥呢？是你吃了那藥而藥無效？或是你還沒有服食那藥？眼前的這個風塵滿面，鬢髮如霜的男子，就是我在崑崙山上飛奔向他，就是我五百年後重來人間所尋找的人嗎？

你身後的逢蒙神采飛揚，飛揚之中好像有他用不完的青春和用不完的自信，他身上色彩鮮明的錦衣和你所穿著的兩件已經破裂露著羊毛的獵衣是那麼地不調和。你滿身的蒼老和疲倦，和站在你面前身穿素淨如水的一襲白衣，手執摺扇的馮夷又是那麼強烈的對比。可是，爲什麼只要有你的地方，你就是時空所凝聚的焦點？我從逢蒙的臉上看到的是一臉的恭敬，那恭敬好像在說明著他是隨時願意爲你而死的人。而我不該看到的是我那表面謙和如水而內心一向自負的丈夫，爲什麼一向瀟灑如雲的他，在面對你的時候也有許多的局促和不安呢？

像木頭那樣沉默了很久的你，終於啓開了你緊閉的嘴，當我見你說話時直視馮夷的那雙眼睛，我警覺到自己一下子又回到千里以外千年以外的崑崙，是那雙湛然如水有如嬰兒的眼睛，使我知道在無限無盡的時空裡一切都沒有改變，你依然是你，而我依然是飛奔向你的我

……

登崑崙兮四望，心飛揚兮浩蕩。

日將暮兮悵忘歸，惟極浦兮寤懷。

遠遊歸來的河伯馮夷，面對突然而來的后羿，心中多少是有些不安的，他首先想到的是自己的妻子多年來所珍藏著的那枝白色的翎箭，他知道那枝箭是他妻子心中的祕密，而這祕密又與眼前的這個男子有關，他知道自己雖然擁有一個妻子，可是卻永遠不能擁有那枝箭，箭是屬於妻子一個人的，他覺得那枝箭是插在他和妻子之間，是一直射殺著他的自尊的一枝箭。

河伯馮夷一面把玩著手中的摺扇，一面溫和地微笑著等待后羿說話。

——馮夷，我這次來是來請你幫忙的，因爲你是天帝之子，你是黃河之神，只有你有力量幫我，也有力量毀了我。

——后羿，天下沒有人能夠抵擋你的箭，連天上的諸神也不能，我又能爲你做什麼呢？

——不，馮夷，我來求你，不是要你爲我個人做什麼，而是爲了無數的東夷和北狄。

——夷狄之族，又和我有什麼關係，后羿，你要我爲他們做什麼？

——我不是求你爲他們做什麼，正好相反，是希望你不要做什麼！

——怎麼說？

——就讓我明白的對你說吧！馮夷，我就要出兵攻打夏王，我來求你是請你不要出動你的水師阻擋我的部族，讓我的軍隊平安渡過黃河。

——如果我答應你的請求，后羿，你將何以謝我？

——夷狄的子孫，將每年以白馬圭玉，沉水祭河，尊你爲天下眾水之王。

——后羿，請恕我直說，如果我不答應呢？

——馮夷，也請恕我直說，如果你不答應，我只有一個最後的方法……你知道，我已叛過一次神，爲了我的部族，我將不惜再叛一次。

——你是說你會殺我？

——馮夷，這是我唯一能做的，也是我最不希望做的。

……

——好，后羿，我答應你，當你率軍渡河，一定風平浪靜，絕無衝風橫波。但你也要答應我另一件事，就是除了你的部族每年要定時祭河以外，夷狄建國，必須建都於洛水之陽，守住洛水，因爲她是我的妻子……

——好，就這樣一言爲定，逢蒙，取箭來！

后羿取過逢蒙遞過來的一枝箭，折爲兩段，一段交回逢蒙，另一段交給河伯馮夷。

——馮夷，你如果背誓，有如此箭。

……

后羿帶著逢蒙和衛士，回身而去，當他跨身上馬的時候，迎面風起，風裡散落著一片撲身而來的白色碎花……

洛水兩岸，流蘇如雪。

……

你好像不知道我的存在，不知道我在簾後凝眸視你。唉！其實我又怎麼能夠怨你怪你呢？你又怎麼會知道崑崙山上飛奔向你的小女孩而今已是河伯馮夷的妻子，有時候，連我自己也懷疑，懷疑我到底是不是他的妻子。在一般看來，蘊藉婉曲的洛水嫁給帝之元子的黃河，是有如金童玉女的匹配，可是只有我知道，知道他只是一個生活在身邊在同一張床上的陌生人。別人見他風度翩翩，見他神高氣昂，而做爲他妻子的我，卻看到他喜怒無常的任性，豪門貴族的跋扈以及他溫柔笑容底下所隱藏的無限心機。他是天下最變幻莫測的水，永遠流向不同的方向，如同他的生活中發生在諸多不同女子身上的不同的情史。他好遠遊，每次當他乘水車荷蓋，駕兩龍驂螭，瀟灑自若地出門遠遊，我知道必定又是一段沒有下文沒有結果的情事，使我自己也覺得奇怪的是，對於他的這些事我從不驚訝，甚至連嫉妒的感覺也沒有。

嫁他以前，我不認識他，嫁他多年，我還是不認識他。「巫晴，妳跟他下山吧！」當西王母這麼告訴我的時候，我就跟他下山了，我知道這是命令，是神與神之間的政略婚姻，我知道我除了接受，別無選擇。

我甚至想，嫁給他是我唯一能夠離開崑崙的方法，我厭倦了崑崙山上千年如一日的積雪，厭倦了時空俱寂的神界生涯。你是千古以來唯一登上崑崙的凡人，是你的出現，使我感知時空流轉，縱然我在流轉的時空中衰老死去，我也要到人間再見你一次，當時，我是這麼想。

我沒有帶走西王母贈我的任何東西，崑崙的赤金白玉，如同崑崙的瓊樓玉宇，這些又與我還有什麼相干呢？在崑崙，我從沒有缺乏過什麼，可是從不缺乏也正是從不擁有，我唯一擁有的只有那枝弱水河岸你雙手送我的白色的翎箭，我喜歡那枝沒有扣過弓弦，沒有沾過鮮血的箭，對我來說，我是生命中出現的第一枝箭，也是最後的箭。

他刷——的一聲把你交給他做為盟誓的那半截箭射入門前的槐樹上，然後回轉身來，微笑著對著我說：「妳想不到吧？天下第一神箭后羿，終於也有前來求我相助的一天……」

遠處傳來蕭蕭馬鳴，是你帶著你的學生，正在歸去的途上吧？

2

西南海之外，赤水之南，流沙之西，有人珥兩青蛇，乘兩龍，名曰夏后，他是治水大禹的後裔，他是統治方八百里中原的夏王。

禹王城在大穆之野，高二千仞的黃土高原上。夏王宮中此時萬舞翼翼，章聞于天，宮中的十二名嬪妃穿著彩衣，翩翩而舞，樂師們正筦磬以方，演奏著夏王自製的新曲九辯之歌，其音鏘鏘鍠鍠……

赤髮紫髯，耳鬢倒豎如劍的夏王，一手執圭笏，一手執酒，他一面把酒斟向面前正襟危坐的河伯馮夷一面說：

——馮夷，一別經年，閣下風采依舊，實慰朕心，來，再飲一盞。

朱冠白衣的河伯放下手中的摺扇，雙手捧盃，仰頭一飲而乾……

洛陽城外的桑林神社門前廣場的中央，燃燒著一堆熊熊的烈火，逢蒙率領著一群旗幟鮮明盔甲齊備的執戈武士，分成四列，團團圍繞著廣場的四周，神情肅穆地望著場中的烈火和火旁正在擎著旗幡、敲著鐘磬、跳著嚷著祈神祭祀的幾個身軀佝僂的老人。

四周靜寂，鴉雀無聲，只有松枝在火中爆裂的劈啪聲響，以及佝僂老人們口中喃喃的祈神咒語和歌舞鐘磬之音……

幾個身著黑衣的佝僂老人之中，只有巫尹身穿一身火紅的紅衣，他是巫中之巫，是群巫的王，他伸手向火，從燃燒的火中取出一塊灼裂的龜甲骨，仔細地凝視著龜骨上的裂痕……然後他把手中的龜骨再度投入火中，身後的群巫，仍在搖幡狂舞，仍在喃喃……

紅衣巫尹再度探手向火，又取出另一塊龜甲，火光照映著他乾瘦漆黑的臉，他的臉上突然因爲看到龜甲上的灼痕而顯出極其恐怖的表情，他身上的紅衣因身軀顫抖而飄揚，飄揚的紅衣，像是火中的血……

軍前背弓負箭的逢蒙，望著遠方的天空，他看到天上有逐漸籠聚的烏雲，正向神社的上空飛駛……天色逐漸轉暗，四周一片黑。

一道閃電，像是破天而降的火蛇，巫尹第三次伸手向火，取出另外一片龜甲，突然一聲粉碎虛空大地的疾雷，雷聲響時，手持龜骨的紅衣巫尹，應聲而倒……

「國師！國師！」逢蒙呼喊著飛奔向前，扶起倒在地上的巫尹，巫尹兩眼直翻，口吐白沫，整個人像是已經氣絕而死，只有緊握著龜甲的那隻留著尺長指甲的漆黑的水，還在微微顫抖……

大雨傾瀉而下，雨點打在武士的銅盔上，鏗鏘有聲，雨中的武士，依然直立如松。祭壇上的烈火已經熄滅，黑衣的佝僂巫師，也像熄滅的祭火，靜靜地躺在雨中的地上。

落在巫尹臉上的雨水使他逐漸從昏迷氣絕之中甦醒過來，他望著泥濘雨地中扶著他的逄蒙，以無比虛脫脆弱的聲音說：

——將軍——不可——不可——

……

歌息舞歇，眾人已散，輝煌的燈下只有夏王和河伯兩人舉酒對飲，河伯馮夷開開合合的玩著手中的扇子，他的臉上帶著親切但又神祕的微笑對著夏王。

——夏王，沒有人能夠抵擋得住后羿的夷狄聯軍，也沒有人能夠躲得過后羿和逄蒙的箭，爲了你的安全，我建議你率領你的部族離開禹王城，渡赤水，出流沙而回到西北的大荒之漠，像你未來中原之前。

——你是說先王所建立的千年王朝，就要斷送我手？如果我舉全國之力，背水一戰，你看如何？

——夏王，請恕我直說，我一路前來，暗中已經觀察了你的部眾，多年來的和平已經銷蝕了他們的鬥志，偏安的局面已經使他們忘記了大漠的風霜，以你手下這些淫逸康樂，湛濁於酒的將士，要抵抗后羿，是絕無勝算的。

——馮夷，你千里而來，爲的只是來勸我放棄嗎？你忘了你的先人曾經助我先王平治水土的過去嗎？人人都說黃河河伯，智慧無雙，你沒有更好的良策可以教我嗎？

——救你的方法或許有，但是你必須付出相當的代價。

——只要我的王朝能夠延續，任何代價，在所不惜。

——好，那麼我告訴你，首先你得趕快派人南下與楚王結盟，許他以廣大土地，讓他率領荊蠻部眾連夜北下與你會師中原……即使如此，問題仍然有二，一是楚王貪得無厭，進兵中原以後，恐成後患；二是縱然夏楚聯合，能否擋住后羿的必死之師，也很難說，你要保住你的江山，除了聯楚以外，剩下的就全操在另一個人手裡了……

——誰？

——我！

——你？河伯馮夷？

——是的，是我馮夷，后羿日前曾到洛水與我結盟，要我助他渡河，而你知道，夏王，水能載舟，亦能覆舟，操之在我……

——馮夷，你直說吧！你的條件是什麼？

——我沒有條件，也沒有要求，只是我要告訴你，后羿許我以白馬圭玉、年年祭河，並尊我爲萬水的河宗，夏王，你呢？

——好，馮夷，我答應你，除了后羿給你的所有承諾以外，我答應你從此以後的五千年，乾旱由你，氾濫由你，你可以自由奔流、自由改道，只要你黃河之水不清，天下由你永無寧日……

河伯馮夷沒有立即回答夏王的話，舉盃飲盡面前的酒，沉默了一會，然後收起手中的摺扇，又對夏王說：

——夏王，有一個人是你必須爭取的，不管你付多大的代價，他一個人可以抵得過你手下的十萬大軍，只要有他，你的王朝以後的安全也就無虞了。

——又是誰？

——逢蒙！

——逢蒙，強者逢蒙是后羿心愛的唯一的學生，他怎麼可能爲我效命？

——怎麼不可能？夏王，正因爲逢蒙是天下的強者，正因爲他是除了后羿以外的天下第一箭士，所以可能。夏王，你不要忘了，后羿老了，已是落日，而年輕的逢蒙卻是旭日朝陽，后羿兵敗以後，逢蒙定將另謀出路，那時就看你如何把不可能的事變爲可能了……

……

逢蒙飛奔入帳，一身泥濘，臉上滲著豆大的汗珠，面對后羿，雙手呈上那片火中取出的龜甲。沉思中的后羿，緩緩取起案上的三隻金鐶，一隻一隻仔細地套在自己的左腕上，然後接過龜甲。

——逢蒙，怎麼了，巫尹呢？

——老師，雨甚雷急，祭火已經熄滅，國師已被疾雷震傷。

——他怎麼說？

——國師三次卜筮，老師，三次都是同樣的結果……

——結果怎麼樣？

——三占皆曰「大凶」，老師，或許其中有變，或許天不佑我，我看……

——你說！

——我看不如待機，等待秋後，天命屬我，再出兵伐夏……

——……

……

后羿緊咬雙唇，沉默地凝視著手中龜甲上的灼痕，突然他臉色陡然，鬚髮倒豎，滿眼激憤之情，站起身來把手中的龜甲擲於地上，然後用腳踏得粉碎。

——枯骨死草，何知吉凶？逢蒙，七天之後，月圓之夜，大軍聚集，渡河孟津……

……

3

長河日落。

黃河之水有如奔騰的馬群，滔滔東流。

滿天的夕陽，照著破碎的戰場，大漠孤煙，空中盤旋著陣陣哀鳴的鴉群。戰場上橫屍遍野，國殤滿布，斷戈殘戟，裂旌破旗，零零落落的散布在戰死的武士和死去的戰馬之間。一些活著的兵士，帶著絕望的表情，抱著自己的武器，稀稀落落的坐在黃沙滾滾的原野上……

馬上的逢蒙，頭髮散落，兩眼血紅，戰袍上滿是斑斑血跡，他正跟在后羿的馬後，巡視著兵敗的戰場……

——逢蒙，還有多少人？

——四十九人，老師，連你我在內。

——其他的人呢！

——死了，大部分的武士死於水中，渡河的武士，也都戰死了。沒有人投降，沒有人散，老師，他們全都戰死了。

——哦，兩萬大軍，終於只剩四十九名，逢蒙，我們眞的是敗了。

——不，老師，只要有老師和學生我在，我們終必有東山再起的一天。

——是嗎？什麼時候呢？逢蒙，我是眞的敗了，不是敗給夏王，是敗給我自己……

——不，老師，如果不是馮夷的水師陣前叛變，我們不致兵敗如此，如果不是馮夷掀起滔天的洪水，至少我軍還是可以全師而退……

——逢蒙，你說的原因是不錯的，可是犯了最大錯誤的卻是我自己。

——老師一向沉著謹愼，可是這次……

——是的，這次是我最大的錯誤，逢蒙，自從嫦娥服了我從崑崙取回的不死之藥，飛身入月以後，我突然感到萬念俱灰，我也感覺到時間對我的壓力，我知道我必須像所有的人一樣在時間裡老去、死去，或許是這種對凋謝和死亡的恐懼，使我提前出兵，我是希望在我還有力氣彎弓射箭的時候，爲我們的部族找出一條生路，結果正好相反，是我把他們提前推進死亡裡頭去……唉，我不該把整個部族的生存寄託在一份不死的藥上，不該把他們寄託在我一個人的生死上……

——逝者已矣，老師，未來仍有可爲。

白髮的后羿，望著腳下奔騰東去的黃河，拔出了他的箭，扣在弓弦上說：

——逢蒙，叫起活著的戰士，命他們登記這些戰死勇士的名字，如果我能，我會回到這裡為他們立碑，如果我不能再回中原，我們的子孫，終必有回到這塊土地的一天。

后羿俯身，一箭射向河中。

黃河河中掀起一片滔天巨浪，浪濤過後，河水盡赤……

千里之外，河伯馮夷慘叫一聲，倒地而死，他以雙手摀臉，鮮血自他手指間流出，他的左眼，插著一枝白色的翎箭……

彼岸

「這就是我們稱作『遺忘』的河，你們現在所看到的對岸，就是你們要尋找的地方，你們看到雪地中的那片枯禿的樹嗎？樹上懸掛著的那些紅色的發著閃閃亮光的果子，就是『夢特拉』、也就是你們要找的『遺忘之果』，你們吃了它，就會忘記你們過去的一切，河水已經結冰，你們要渡河是很容易的，我只能送你們到這裡，如果你們想回頭，我可以再帶你們走出這黑森林，如果你們要渡河，那麼你們就去吧！我要在日落之前回到我的村落。」

「你不和我們一道渡河嗎？你這個可憐的、沒有教養沒有文化的蠻子，你難道不想脫離你那混濁汙穢的環境？你看你，穿得這麼破爛，每年只能冬天下雪的時候帶著尋找『遺忘』的人來這裡，賺幾個銅幣養活你自己。你這傢伙，一有了錢，不是去喝酒打架，就是去買花布送給你們的女人，然後帶著野女人到林間草地上做愛，你簡直是一個沒有道德、不知上進的酒鬼和色鬼。你這個整天只知道嚼菸草的無賴，我再一次警告你，如果你再敢用那種野獸的眼睛看著我的羅娜，我就一槍打掉你的腦袋。」

「Well，詩人，請你不要衝動，你和這種文化層次低的未開化人種生什麼氣？他們是活在與我們不同的道德範疇裡，何況他們的社會結構與價值取向也與我們不同，你就讓他們依照他們的原始生活和思考的方式去了。Well，對了，土布西，你能更具體地爲我們描繪一下對岸的情形嗎？比如說他們的經濟生產方式、社會組織、政治結構和宗教信仰的各種問題，Well，還有關於吃了遺忘之果以後的生理反應和精神現象……」

「老實說，我不太懂你的話。我只知道對岸是個神祕的世界，從小我的父母親就嚴禁我穿過這座黑森林到這河岸來，他們怕我因爲肚子飢餓而忍不住去摘食樹上的夢特拉，他們說只要吃了夢特拉，我就會忘記回家的道路而必須永遠地活在彼岸，父親說彼岸是個沒有墳墓的地方，那邊的人永遠不死，而且每個人都一直保持著渡河時候的樣子。」

「Well，首先讓我們假設你所幻想的問題是成立的。可是，土布西，你何以知道彼岸的人不會面臨死亡的威脅而能永遠保持『現在』的樣子？」

「因爲父親曾經指著一個比我年輕的女子說那個女子就是我的母親。父親八年以前死了，他是我們村裡唯一去過彼岸而又能夠回來的人，因爲他沒有吃那紅色的果子，在父親死去以前，他常帶我穿過黑森林，守在這裡等我母親出現，我們在這河邊等了二十多年，可是母親只出現過那麼一次。」

「哈哈，我還以爲你們這些蠻子只會嚼菸草或喝酒打架呢？想不到你還有這麼一個多情的老爹，這倒是我寫詩的好題材。喂，我說蠻子，既然你們守了二十多年，見到你母親的時候，爲什麼你們不跑過去抱住她，把她壓到地上去，像你對你的那些野女人一樣？」

「因爲那時候父親已經太老了，頭髮白了，腰也彎了，已經不再是個男人。我們的風俗習慣和你們不一樣，我們認爲不會喝酒不會打獵和不能征服女人的都不是男人，我們不需要學校，也不需要你們的道德和文化，因爲我們有每天出現的太陽，永遠不動的青山和長綠的草地，太陽、青山和綠草會教我們如何生活，太陽給我們生命，青山給我們食物，綠草給我們愛情。你們不會懂我們的想法和我們的生活，我們也不懂你們，不懂你們爲什麼要關起門熄了燈才敢和女人做愛。我們不敢在黑暗中做愛，因爲那是對父神太陽和母神大地的不敬，我們的女人認爲在黑夜中做愛是對她最大的侮辱，因爲黑夜是太陽神讓所有生物休息的時候，只有不聽話的動物和壞人才會出現在黑夜裡……」

「Well，這倒是一個很有挑戰性的問題，我一直對你們的原始神話傳承和宗教信仰有很大的興趣，我也正在使用結構分析的理論和統計實驗的方法來研究這些問題，你剛才的話提供了我不少問題的因素，對於我即將完成的論文有相當的參考價值。OK，土布西，如果你願意，我們回到村落以後，可以合作做幾次錄音訪問，如果做得好，我可以設法帶你回我們的國家，讓你實際地體驗一下先進文明社會的生活，我想對你們部落以後的現代化的推行是很有功能效果的……」

「老實說，我覺得我們過得很好，我對你們的生活並沒有多大的興趣。在你們大量移民到我們這裡之前，我們也抓過幾個你們這樣的人，關在籠子裡讓我們的族人參觀，然後我們把這些人在太陽祭的時候燒了祭神。現在我們當然不敢這麼做了，因爲我們的弓箭抵擋不住你們的槍砲，可是我們最怕的還是你們的聖經和你們的神，在你們來之前，我們有土地，你們有聖經，現在是你們有了我們的土地，我們有了你們的聖經。」

「詩人、教授，你們談了半天，你們似乎已經忘了來此地的目的，我們不都是爲了尋找『遺忘』而來嗎?爲什麼你們直到此刻仍然忘不了你的詩、你的論文呢?擺在面前的問題是我們要不要渡河，要不要把過去和現在遺忘?」

「羅娜，妳眞的要渡河嗎?」

「爲什麼不?你不是一再強調你的生命永遠是充滿了痛苦，你的理想和抱負得不到別人的瞭解和肯定，你的鄉愁得不到回歸，你的感情得不到認同……於是長期以來，你抱怨社會，抱怨別人，也抱怨自己，就像你一再抱怨太陽底下沒有新鮮的事。如今你長期間所尋找的遺忘就在眼前的彼岸，只要過河，就可以和所有的過去與現在完全地告別。走吧!讓我們在日落之前渡河。」

「可是，羅娜，我們怎麼辦?我是說如果我們渡河，如果我們都忘了彼此，妳還像現在一樣地愛我嗎?」

「在沒有渡河之前我是愛你的，可是到達彼岸以後的事我們怎麼能夠知道?過了河以後，我連自己的名字都不再記得，又如何還能記得你?如果經過遺忘以後還能相愛，那將是重新開始的一份愛，如果我們不能重新開始愛，我們也只是另一個陌生世界裡的兩個擦肩而過的陌生人。」

「Well，我說羅娜，我們已經到了這裡，我們已經用我們的眼睛看到了遺忘之果，這就足夠了，因爲我們已經完成了我們要做的事。我要回去，用我的論文告訴世界上的所有人，告訴他們彼岸不是古老遙遠的神話傳說，而是一個眞實的存在。如果我不回去，誰能傳達這個驚人的消息？我說，羅娜，不要忘了我們之外還有許多和我們同樣的人，我認爲個人的感情事小，我們必須放眼關懷人類全體的命運，我們對人類有責任，也有應盡的義務。因此，羅娜，我勸妳還是跟我們一道回頭比較好……」

「教授，你不是眞的來此尋找遺忘，你只是來尋找一個新的記憶，然後用這個新的記憶去代替你過去的記憶。你忘不了你的學術地位，你的論文影響，你的責任和使命，正如你忘不了你以前拋棄過的妻女和你在戰爭時屠殺過的那些無辜的百姓，你是以新的記憶去補償你殘缺難忘的過去，或許就像一些早年殺人放火而到晚年卻面壁誦經的東方和尚……」

「Well，羅娜，我先不爲自己的過去辯白，可是羅娜，誰沒有過去呢？妳對過去眞的能夠毫無悔恨或者留戀嗎？」

「我的過去或許有過許多的錯誤，但我並不後悔，因爲我的錯誤是屬於我個人的，比起戰場上因爲判斷錯誤而導致無數人死亡的將軍，或是所謂的思想家或政治家因爲固執自己的偏見而帶給人類的不幸來說，我自己的錯誤是微不足道的，我爲什麼要活在對過去的悔恨或者留戀裡？我現在活得很好，可是我不滿足，我總覺得我可以活得更好。我和你們不同，我不是來此尋找詩意，也不是來尋找理論或知識，我只是想用一個告別來完成另一個新生，我來，是爲了尋找一個即將發光的新生命。」

「羅娜，妳不知道彼岸，不要聽信這蠻子的話，不要拿自己的青春開玩笑，讓我們一道回去吧！讓我們忘了這一切，讓我們重新開始……」

「如果你不渡河，你又如何能忘了所經過的一切？正因爲我不知道彼岸，所以我才要去，如果我已經知道了結果，我又何必去？我不是拿自己的青春開玩笑，正好相反，土布西的母親不是比他還年輕嗎？而他的父親呢？卻必須在記憶的壓力下逐漸老去。如果他眞正的愛她，如果他是個有自信的男人，他不是該和她一同渡河的嗎？後悔的或許不是土布西的母親而應該是他老去的父親，我年輕、美麗，渡河以後我也許會忘記你們，但當你們再見到我的時候，我還是自信你們會愛我的，就像現在一樣，因爲我將永遠是現在的樣子。可是那時候，我想我不會再愛你們了，你們勢必在時間裡白了頭髮、彎了腰，像土布西年老的父親一樣，一個年輕如我的女子，恐怕是很難愛上一個白髮老人的。我們會再相逢嗎？什麼時候呢？也許你們再見到我的，我已不叫羅娜，你們叫我什麼呢？哦，那麼就叫我『夢特拉』吧！」

「土布西，你這個蠻子，你這個混蛋，是你用你們的這個荒誕的傳說蠱惑了我的羅娜，我後悔沒有一槍打掉你的腦袋……」

「這和土布西有什麼關係？何況事實已經證明他告訴我們的不是荒誕的神話而是一個眞

實，眞實就在你眼前，只是你不敢也不願意去相信罷了。土布西！你不是一直在偷看著我嗎？你喜歡我對不對？你想把我壓在草地上對不對？可是你不敢，只因爲我們是活在不同環境中的人嗎？可是我們都同樣是人，對不對？

「如果我們都忘了過去，如果我們都忘了橫隔在我們之間的文化和傳統的束縛和壓力，如果我們重新開始，土布西，你就可以不必畏縮地躲在林中偷看我洗澡，你也不必擔心詩人拿槍打掉你的腦袋，說不定是你砍下詩人的頭呢！

「土布西，你願意跟我一起渡河嗎？如果我們能夠忘了一切，我想我是會愛上你的，因爲你強壯有力，你是最原始的男人。土布西，你跟我來嗎？」

「不，不，當我還是小孩子的時候，如果我的父母親帶我過河，我就會去，那麼我將永遠是長不大的小孩子。可是現在我不要去，因爲瑪亞在林間草地上等我回去，我答應回去以後買菸草和花布給她。」

「土布西！看著我！難道我不如你的瑪亞？」

「妳比瑪亞好看，可是我們是不同的人，我們不敢親近你們，以前我們村裡的長老一再警告我們，說白種女人可以烤來吃，可是千萬不能帶到林中做愛。長老說和白種女人做愛會觸犯我們的山神，山神不喜歡你們，因爲你們拔光了山神的頭髮運回你們的地方蓋房子，每棵樹，都是山神的頭髮……」

「既然你們每個人最愛的還是自己，每個人最忘不了的也還是自己，既然你們都不過河，那麼，讓我一個人走吧！親愛的朋友，再見了！」

羅娜走了。

我帶著教授和詩人走回黑森林。

他們給了我十個金幣。

我要用五個金幣買酒，用另外五個金幣買菸草和花布，然後我要把瑪亞壓倒在陽光下的草地上……

羅娜走了。

修羅的晚宴

1 玫瑰

人類過於頑劣，沒有生存下去的價值，小雪，妳知道只有我能重建大東亞的秩序，從支那朝鮮到整個亞洲，然後再到整個世界，小雪，我是強者之中的強者，男人之中的男人，沒有人能夠擊倒我，世上的所有醜惡、貧窮、愚昧和陰謀擊不倒我，金錢、權勢、道德與愛情也擊不倒我，可是小雪，我現在知道我是失敗了，我忽略了一個最重要的敵人，那就是我自己，我是敗給了我自己，我敗給自己過於善良的本性，小雪，我的失敗是因爲我對那些賤種缺乏狠心……

雪文靜靜地看著上星期才和自己在明治神宮舉行了婚禮的丈夫，他對她說這是日本帝國歷史上唯一的由天皇親自主婚的御前婚禮，她跟了他十多年，但直到現在，她才猛然發覺自己膜拜了十多年的偶像，也只是一個鬢髮蒼蒼老態龍鍾的男人。他已經五十六歲，他的雙眼充滿了血絲，口涎垂在緊閉的唇角，說話的時候，雙手握拳。看著他，雪文知道，他只是一個卸妝下台的演員，他再沒有上台的機會，再沒有演戲的力量了。

十多年來，她看過台上和台下的他，不能不承認他是個偉大的演員，任何地方，只要他一出現，立刻就是全場的焦點，即使一言不發沉默的坐在那裡，人們也會感覺到他發出來的那股懾人的重壓力量。每當他揮舞著雙拳口沫橫飛地發言的時候，她看得出那些聽他演說的群眾眼中透出的狂熱，那是一種只有在祭神時候才有的狂熱，他的確是強者之中的強者，即使是面對一億大和民族的神的時候，當他虔敬而威嚴十足地對天皇說「陛下再思……」，天皇也必須很快地在他雙手捧上的公文上簽字，對於一億人民所信仰的天皇，她毋寧是有些失望的，那個身軀瘦小的生物學者，或許更適合到水族館研究他的熱帶魚，他對魚類的知識遠超過他對人類。

他抱起趴在地毯上的拿破崙，拿破崙是他養了十多年的愛犬，他把拿破崙放在自己膝上，右手一面慈祥地撫摸著有如白色棉花一樣的長毛，左手拿著一碗牛奶，他對拿破崙說：

「拿破崙，你的時間也到了，你不會寂寞的，因為我會帶你到另外一個地方去散步……喝下去吧！喝完以後，你先到前面為我看看路……」

拿破崙忠心耿耿地看著牠的主人，眼睛是那麼地柔順，牠柔順地喝完了主人給牠的牛奶，主人把牠輕輕地從膝上提起來，輕輕地放到地毯上……

他木無表情地凝視著地毯上的拿破崙，他看到拿破崙突然站起身來，以一種驚懼的眼光瞪著他，然後又緩緩地倒了下去，沒有發出任何的聲音，拿破崙微微地抖動了兩下前腿，就舒展開身子斜躺在地毯上了。

他走過去，掏出口袋中的絲帕，小心鄭重地擦拭淨了拿破崙鼻子和嘴巴中滲出的鮮紅血液，然後起身把絲帕摺疊好，一面再放回自己的口袋一面溫和地對雪文說：

「小雪，這藥是有效的。」

他走到鏡子前，拿起梳子梳理了一下自己的頭髮，戴上帽子，然後拿起鏡前的手槍，打開槍膛，退出彈匣檢查了一下裡面的子彈，他仔細地繫好了肩上和腰間的皮帶，拉平了衣服的下端，對著鏡子慢慢扣起了領端的第一個金釦，理好了自己以後，回轉身對雪文說：

「時間不多了，妳也該準備了，記得穿妳那件白色碎花的長裙，還有，別忘了手套，在晚宴之前，妳還有喝杯咖啡的時間。」

她驚異眼前的他一下子又恢復了無限的逼人英氣，與剛才那個和她訴說自己失敗的老頭幾乎像是兩個完全不同的人。他佩帶齊全，雄姿英發，他依然是大和民族的偶像，依然是大和民族的戰神。

拿破崙白如棉花的長毛上的鮮紅的血，使她彷彿又看到圖門江邊雪地中那朵盛開的嫣紅的玫瑰。那年她還不到十五歲，她在雪地中奔跑，後面追趕她的是一個滿臉鬍子的中年男子，從她在林間第一眼看到這個持著獵槍的男人，她就從他噴火的眼睛中看到了自己的危機。她加快了腳步，而後面的獵人也隨著她加快了腳步，她開始小步往前跑，後面的獵人也隨著她小步往前跑，她突然覺得自己像是雪地上的一隻兔子，而後面緊跟的卻是一隻飢餓的野狼。她開始沒有目標地向前狂奔，眼前是一片茫茫的雪地，突然，她看到雪地上有一點紅，那是一朵玫瑰，她向玫瑰奔去……她聽到身後的吁喘呼吸的聲音越來越近，眼前的玫瑰越來越大，終於，眼前是一片漫天漫地的紅……

一聲劃空而來的槍聲震開了她緊閉的眼睛，她看到站在自己面前的是兩個持槍的年輕士兵，士兵的長皮靴陷在雪裡，臂上掛著鮮紅的刺繡的老鷹臂章，兩個士兵持著槍直立在雪地上，眼睛木然地看著前方，好像什麼事也沒有發生過，好像他們原來就是一直站在雪地上。

兩個士兵一左一右把她從雪地上拉了起來，一左一右地架著她穿過雪地的白樺林，走出那片白樺，她看到那條幹線大道上布滿了車輛和兵士，有的車上裝著奇形怪狀的武器，有的車上面對面並排著兩列士兵，秩序井然地端坐車上的士兵頭上的鋼盔也是那麼地井然有序，她不能不覺得每輛端坐士兵的軍車都像小時候玩過的一個棋盤，那些鋼盔是一粒又一粒的棋子……

那兩個士兵把她帶到一輛軍用吉普前面，放開她，然後站定，在兩個人同時「卡——」的一聲立正的同時，他們向前平伸出他們的左臂，口中喊著「muromi——」立正、伸臂、muromi三個動作是同時的瞬間完成的，好像是兩個士兵合成了一個士兵，又好像是一個士兵分成了兩個士兵，而那句高喊的muromi，卻是她以後才知道的語言，是古代祭神時高呼的「救主」的意思。

吉普車的駕駛位置上是一位棋子似的士兵，棋子的旁邊是一個穿著和棋子同樣的服裝但沒有鋼盔的中年男子。男子手中沒有槍，卻拿著一枝短劍，胸前掛著一架望遠鏡，他像是在假寐，閉著的雙眼在士兵高喊muromi之後才緩緩地張開，她突然感到心臟緊縮，不由得打了一個寒顫，那眼光像是利劍一樣地刺穿了她，她怕，可是又覺得那兩隻眼睛是自己所熟悉的，她直覺地認爲她見過這對眼睛，或許是小時候在神殿壁畫上所見過的。她奇怪這個滿面疲憊的中年男子爲什麼會有這麼一雙清澈如水卻又像劍的眼睛，他只看了她一眼，就又閉上眼說：

「沒事了，上車！」

「可是，那個獵人……」

「賤種，應該毀滅！」

當他說這幾個字的時候，她又看到了他張開的眼睛，她想起來了，那眼睛的確是見過的，是鹿林神殿壁畫上地獄之王黑衣托安的眼睛。托安原是人面蛇軀的地獄神，因爲長年活在黑暗不見陽光的地府，所以他不需要眼睛，有一次托安逃出地獄來到人間，眾神怕他作亂，就派了天使去殺他，一場混亂的大戰之後，托安殺死了天使，臨走帶走了天使的兩隻眼睛……

當她被那兩個士兵扶著上了吉普車之後，才發現吉普車上除了一粒棋子和那個天使眼以外，後座還盤踞著一隻白色的牧羊犬，牧羊犬的脖子上也掛著一個和士兵們臂章同樣的老鷹。牧羊犬見她上車，驀地站起，利牙之間發出嗚嗚的低吼，然後高踞坐上用警戒和威脅的眼睛瞪著她，好像只要她動，牧羊犬就會撲向她。

中年男子回身看她坐定了以後，用手上的短劍輕輕地敲了兩下駕駛兵的鋼盔，嘴裡吐出了兩個字：

「出發！」

2 紫藤

藤花正開。

客廳的窗前爬滿了紫藤。

他從書房走出來，手裡拿著剛剛寫好的一封信。他到客廳，推開兩面木窗，一陣微風，吹得他身上散落了幾瓣藤花，他仔細地用手指輕輕地彈掉衣服上的藤花，伸頭出窗，俯身向院中叫：

「侍衛！」

一陣整齊劃一的皮靴聲之後，樓上的客廳門前豎立著兩枝標槍似的衛兵。當他開門出來的時候，兩枝標槍同時立正，同時以皮靴踏地，同時向前平伸左臂，同時高喊「muromi」。

「都預備好了嗎？」

「是。」

「多少？」

「兩百公升整。」

「拿一桶上來！」

「是。」

兩枝標槍同時立正，同時以皮靴踏地，同時向前平伸左臂，同時高喊muromi，然後同時間後轉，並排齊一，同時下樓。

兩名侍衛一左一右合力提著一桶汽油並排齊一地上樓，上樓以後，他們平舉雙臂，四隻手臂平舉著那桶汽油，他慢慢地轉開油桶的蓋子，脫下左手的白色手套，把食指伸進汽油桶中，然後舉起手指在自己的鼻子前，吸了一口氣聞了一下說：

「好！放下！」

兩名侍衛放下汽油桶，又像兩枝豎立的標槍並排在他的面前。他重新戴上左手的白色手套，沒有任何表情地巡視著這兩個衛兵，他的眼光落在左邊那個臉上長著青春痘的衛兵身上：

「平野健次！」

「是！」

「你幾歲了？」

「十七！」

「你家裡有什麼人？」

「父親、母親、哥哥和我，一共四名。」

「你父親呢？」

「去年十二月二十七日，爲我天皇，光榮戰死。」

「哥哥？」

「今年五月十三日，爲我天皇，光榮戰死。」

「那你母親？」

「四天前一月十五日，死於聯軍轟炸白馬川。」

「你是筑後白馬川的人？」

「是！」

「你父親和哥哥生前做什麼？」

「漁夫。」

「那你一定知道白馬川的鯱魚和那支漁歌？」

「是！」

「你知道嗎？鯱魚只有我們筑後的白馬川和滿洲的牡丹江才有，牠們也像鮭魚，飄洋越海地回到自己誕生的地方產卵，你知道嗎？筑後白馬川的落日是皇國最美的，我也是白馬川漁夫的兒子……」

「是！」

「平野健次！」

「是！」

「你後悔過嗎？」

青春痘衛兵愣了一下，隨即高聲回答：

「沒有，爲了大日本帝國與天皇陛下，至死不悔！」接著他又高聲朗誦：

「人類過於頑劣，沒有生存下去之價值，凡我皇國軍民，必須承擔重建大東亞共榮之神聖使命……八紘一宇、宇內同心……」

「好了，你記得很好，你是個很好的帝國軍人，福本保，你呢？你幾歲了？」

「十、十六歲！」

「你念過書嗎？」

INK PUBLISHING

讀者服務卡

您買的書是：＿＿＿＿＿＿＿＿＿＿＿＿＿＿＿＿＿＿＿＿＿＿＿＿

生日：＿＿＿＿年＿＿＿＿月＿＿＿＿日

學歷：□國中 □高中 □大專 □研究所（含以上）

職業：□軍 □公 □教育 □商 □農

□服務業 □自由業 □學生 □家管

□製造業 □銷售員 □資訊業 □大衆傳播

□醫藥業 □交通業 □貿易業 □其他＿＿＿＿＿＿

購買的日期：＿＿＿＿年＿＿＿＿月＿＿＿＿日

購書地點：□書店 □書展 □書報攤 □郵購 □直銷 □贈閱 □其他

您從那裡得知本書：□書店 □報紙 □雜誌 □網路 □親友介紹

□DM傳單 □廣播 □電視 □其他

您對本書的評價：（請填代號 1.非常滿意 2.滿意 3.普通 4.不滿意 5.非常不滿意）

內容＿＿＿ 封面設計＿＿＿ 版面設計＿＿＿

讀完本書後您覺得：

1.□非常喜歡 2.□喜歡 3.□普通 4.□不喜歡 5.□非常不喜歡

您對於本書建議：

感謝您的惠顧，為了提供更好的服務，請填妥各欄資料，將讀者服務卡直接寄回或傳真本社，我們將隨時提供最新的出版、活動等相關訊息。

讀者服務專線：（02）2228-1626 讀者傳真專線：（02）2228-1598

廣 告 回 信
台灣北區郵政管理局登記證
北台字第15949號

235-62
台北縣中和市中正路800號13樓之3

印刻出版有限公司　收

讀者服務部

姓名：＿＿＿＿＿＿＿＿　性別：□男　□女

郵遞區號：＿＿＿＿＿＿

地址：＿＿＿＿＿＿＿＿＿＿＿＿＿＿＿＿

電話：（日）＿＿＿＿＿＿＿＿（夜）＿＿＿＿＿＿＿＿

傳真：＿＿＿＿＿＿＿＿

e-mail：＿＿＿＿＿＿＿＿＿＿＿＿＿＿＿＿

INK

「帝，帝國陸軍，軍第六十二少年年預備班第第十四四期畢業。」

「不要那麼緊張，福本保，你的家人呢？」

「父親，母，母親，我我共三名。」

「他們呢？」

「父親隨松井將軍遠征緬甸，母親，母親在鹿林海軍第九被服服廠工作。」

「鹿林？那是小雪的故鄉，福本保，你去過鹿林神殿嗎？」

「是。」

「你看過那神殿牆上的壁畫嗎？小雪說地獄王托安的眼睛像我，福本保，你說呢？」

「不，不知道。」

「皇國軍人有『不知道』這個字嗎？福本保！『是』或者『不是』。」

「……」

……

「嗯，福本保，你是誠實的，所以你不說。」

他來來回回地在走廊上走了一回，一切都是靜寂的，除了他的皮鞋踏在地上的單調的聲音，他又站在窗前，望著已經伸延到窗外的那片紫藤花，自言自語地說：

「筑後白馬川的岸上，藤花也正這樣盛開著吧？」

他回轉身來，突然又是滿臉肅殺之氣，目光如劍，走到兩個直立不動的衛兵面前站定：

「命令山下元帥於五點四十五分在樓下會議室集合首都師長以上的軍官，除山下元帥外，一律西式晚宴服裝，不准任何人攜帶武器，七點四十五分，你，平野健次准尉，負責把這封信親手交給山下元帥。以上。」

他的雙眼直視著平野健次准尉，直到平野健次准尉一字不漏地複述完了以上的命令，才擺了擺手說：

「好，沒事了，你們下去！」

他走到通往客廳的門前，打開了門，卻又回轉身對兩名衛兵說：

「平野健次、福本保，戰事結束以後，你們還是回到白馬川和鹿林鄉下去吧！如果到時候你們還活著的話。」

他關上門，不見了。兩名衛兵踏地、伸臂高呼「muromi」之後，向後轉，以同一聲音的步伐下樓，左轉，開門……

出了大門，青春痘平野回頭往上看了看那個滿布藤花的窗戶，把槍倒過來斜掛到肩上，從口袋中摸出了香菸，遞給正在解下鋼盔帶子的福本，並且爲他點上火，狠狠地吸了一口說：「他今天居然和咱們說這麼多話，我看他是瘋了。」

3 雪蓮

對著面前的鏡子，她用化妝紙小心又小心地擦掉下唇邊那點多餘的口紅，合起雙唇，抿了幾下嘴之後，她又小心地打開香水，點了幾滴在自己的耳根和髮間，然後微斜過頭去，帶上鑲著鑽石的銀耳環……。

對著鏡子，她爲滿意自己的這次化妝而輕輕地微笑了一下，當鏡中出現自己微笑的樣子，連自己都覺得出自己的美。禁不住地站了起來，腰身一閃，在鏡前做了一個旋轉的姿勢。

她沒有把妝化得很濃，她知道他不喜歡濃妝豔服的女人。有一次在他們出席山下元帥的生日晚會前，她也是像現在一樣地在鏡前化妝，他進來催她，她斜過頭笑著問他，「我好看嗎？」而他卻連看她一眼也沒有，只看著手上的錶說：「還有五分鐘！」那次晚宴，山下夫人帽子下插著綠色的孔雀毛，穿著胸口開得很低很低的火紅晚禮服，胖大的身材和短小精瘦的山下元帥正是對比，當山下元帥擁著她跳舞的時候，山下元帥的軍帽抵著她的雙重下巴，而山下元帥上唇整齊的仁丹鬍子，正好是貼在她開得很低很低的晚禮服的胸口的地方。晚宴回來，他一進門就甩掉了頭上的帽子，一面狠狠地說：

「只有賤種才化那麼濃的妝，如果她不是山下的老婆，我就下令……」

「把她槍斃？」

「不，把她送軍妓院！」

從那以後，她就更加刻意地不再濃妝，而衣服，也都是有領有袖，因爲她是領袖的夫人。而當她和他單獨在一起的時候，她是完全不化妝的，即使是淡妝，當他上她的床之前，也會命令她去沖洗掉，他說，「我不要面對一個假面！」

每次他進她的房間，都是先在自己的房間洗好了澡，然後穿戴整齊佩著手槍進來，進來以後脫下帽子，慢慢的解開軍衣上的兩排金釦。她一直不懂的是，既然還是要把全身的衣服脫掉，爲什麼不洗完澡就光著身子進來？

他喜歡見她洗淨身子從浴室走出來的樣子，從他的眼睛她知道他喜歡。每次他都等不及讓她把頭髮吹乾就一把將她拉到床上去，沒有語言，沒有接吻，沒有愛撫，他總是直接地讓她感覺他。她感覺得出來他是個好男人，只是她常想，如果他多用點精神在這上頭，他一定會更好。

他始終是睜著眼睛做，她也習慣地睜著眼睛看著他的變化，隨著他動作的加快，她看到他眼中的那團燃燒的火逐漸淡退，他的眼睛逐漸清澈，當他突然停止了動作而緊抓著她的雙肩的時候，她看到他的眼睛在這刹那間像是清澄透明的海，是一片空靈的嬰兒的眼睛，是托安神殿壁上天使的眼睛。她喜歡他這一刹那的雙眼，望著他的這雙眼睛，她會再度雲湧而起，她讓他額頭上的汗珠，點點滴落在自己的胸膛上……

然後他起身，拿起枕頭邊的手槍和床頭的衣服，走向浴室，一陣水聲過後，再站到床前的時候，他已穿戴整齊，腰上掛著手槍。當他對著鏡子戴好了帽子回身看她的時候，他們之前好像什麼事也沒有發生過。跟隨他這麼多年，她眞的懷疑，懷疑他到底除了軍服以外還有沒有其他的便衣。

每次他是臨走以前撿起床下的毯子，半丟半蓋地輕輕擲向她，然後帶上門走回自己的房間，她知道他又是在燈下正襟危坐地批閱那些前線送來的公事，當他天亮批完公事之後，倒頭便傳來呼呼的鼾聲，沒有任何人能在中午之前見到他，包括她和山下元帥。

多年來她已經習慣了他這種沒有前序沒有後記只有本文的做愛方式，她也習慣了他們之間沒有語言的彼此溝通，只有一次，當她洗淨了身子從浴室走出的時候，他忽然看著她說：

「妳像一朵雪蓮！」

「什麼？」

「雪蓮！喜瑪拉雅山的雪蓮！」

「爲什麼？」

「所有的蓮都是生在骯髒的泥沼之中，只有喜瑪拉雅山的雪蓮是生長在乾淨的雪中。」

「你見過？」

「沒有！」

「那你怎麼知道？」

「一個印度喇嘛告訴我的，他還說，任何人只要吃了這種雪蓮，就會把他的過去全部忘記，包括自己的姓名。」

「哦，也許我們都該是吃蓮的人。」

「不，遺忘只是弱者逃避現實的藉口，強者應該有個記住所有事的清楚腦袋，包括他自己所犯的錯誤，都該記住。」

「就像你？」

「是的，就像我，我記得我生命中的每一件事，記得被迫切腹的祖父，記得我酗酒的父親。每當父親從村中經過，村中的小孩子用石頭丟他，罵他是瘋子。我也記得每天濃妝豔抹，把嘴唇塗得像血瓢般的母親，父親死了，他是喝醉了酒掉到池塘中死的。母親把我送進了雁鳴寺，在那個禪寺，我看到了所有的愚昧與殘忍的事，我的師父爲了爭廟產毒死了他的師兄，而那個每天用打罵教我念經的師父，那個朝鮮賤種，居然和我母親私通而生了我的妹妹。從那以後，我再也不相信朝鮮人，也不再相信宗教……」

「所以你就逃離了雁鳴寺？」

「我逃走，是因為我放火燒死了我的師父，我不能殺死我的母親和妹妹，我只有殺那個賤種，然後我當了長州藩的少年兵，那時我還不到十四歲，手中的紅毛槍都比我高出許多……」

「……」

「我負傷躺在陸軍野戰醫院的時候，我已經在病床上看到了我的今天，人類過於頑劣，沒有生存下去的價值。我們的四周，全是劣種的種族，天照大神的子孫有義務替天行道，重建大東亞的神聖秩序……」

她見他口中吐著絲絲的白沫，拳頭在空中飛舞。她之所以記得他說的這些話，或許是因為那是他們之間唯一的在上床之前有過的交談，或許也因為那是他們之間唯一的各自洗了澡而什麼也沒做的一次。她記得很清楚，他憤憤地說完了這些話之後，拾起帽子，拿起手槍就「砰」地一聲關門而去。

她打開放著各種不同器皿的廚櫃，仔細地挑選了兩套精美的杯子，她把兩隻銀匙擦拭乾淨，輕輕地放在咖啡碟子上。

木炭爐上的陶壺中的水就要開了，欲沸的熱水爭先恐後地擁向壺頂，要掀開壺蓋奪門而出，壺嘴冒著一縷白色的熱氣……

她為自己點上一根菸，仰起頭，輕輕吐出了一個煙圈，煙圈冉冉上升、上升、擴大，終至消散。然後是另一個冉冉上升的煙圈……

一朵朵冉冉升起的煙圈在她心中化爲一朵朵冉冉升起的雪蓮，她始終沒有見過雪蓮，但她始終相信雪蓮是存在的，她想起那個喇嘛臨死前所說的話：「雪蓮不會因爲我的死而出現，也不會因爲我的死而消失，雪蓮還是雪蓮，但並不是任何人都可以見到的。」那個白眉喇嘛，說完了以後，神色自若地走進士兵爲他掘好的坑裡，雙膝盤坐，並從腰間取出一方絲帕，蓋在自己的頭上，對著四周的士兵說：「孩子們，你們開始推土埋我吧！」

那年他派出了一個由科學家和醫學教授組成的調查團到北印度，他下令駐守北印度的司令官山下中將派遣八百名士兵隨同這個調查團進入喜馬拉雅山，山下中將命令當地寺廟中捕捉來的二十七名喇嘛作帶路的嚮導，帶領著這支隊伍入山尋找雪蓮。喇嘛帶著這些科學家、醫生和士兵在雪地中繞行了七天，什麼也沒有找到，第八天的黃昏，他們遇到雪崩，除了這名白眉喇嘛長老，所有的帶路喇嘛和調查團員以及八百名士兵，無一生還。

他接到山下中將的電報之後，大爲震怒。他說這些喇嘛是間諜，是故意引他的調查團和士兵走入雪中等待雪崩。當天他帶著她乘專機飛到北印度，他對著機場迎接他的山下中將和其他將領鐵青著臉，一語不發地上了車，在風雪中，直馳山下的北印度遠征軍司令部。

四個荷槍的士兵押著唯一生還的那個白眉毛的黃衣喇嘛上來，那是一個消瘦高軀的老人。老人的神色安詳，面對著盛怒的他卻如同面對著自己的信徒子弟，老人雙手合掌，微笑著面對他說：

「啊！也有十多年了吧？我們終於又見面了，你記得嗎？我說過我們還會見面的。」

「十四年前的五月八日，你在陸軍野戰醫院的病床邊告訴我雪蓮的事，十四年之後的今天，你卻用你的故事把我的一個調查團和八百名兵士葬身雪中，你是有預謀的，告訴我，是誰命令你陷害我的兵士？」

「沒有人命令我做什麼事，也沒有任何人能夠決定別人的生死，一切都是天意。」

「哼！天意？告訴我，十四年前你爲什麼告訴我雪蓮的事！」

「十四年前你是野戰醫院的傷兵，對於身心俱傷的人來說，雪蓮是永無止境的希望。」

「那麼現在你爲什麼不帶我的兵士和科學家去採集雪蓮，你爲什麼置他們於死地！」

「雪蓮是爲活人救命而生效，不是爲了你的科學家做爲殺人武器的材料而生，我說過，不是我置他們於死地，是天意，不可抗拒的天意。」

「擺在你面前的是很明顯的兩條路，一是再一次帶著我的士兵入山，直到採到雪蓮爲止，另一條路你是知道，就在你身後不遠的地方……」

「也許我是這世上唯一知道雪蓮所在的人，但是，我不想再讓你的兵士做無謂的犧牲，雪蓮不會因爲我的死而出現，也不會因爲我的死而消失，雪蓮還是雪蓮，但並不是任何人都可以見到的……」

黃衣喇嘛再度合掌向他，然後轉身走向那個已經掘好了的坑……。

他臨上飛機之前，下令山下中將，即刻逮捕北印度各寺廟的所有喇嘛，就地集中槍決……

她見他走進房中，站起來，兩手拉著長裙，做了一個旋轉的姿態，微笑著對他說：

「怎麼樣？不會太濃妝吧？」

他看著她，像是第一次發現女人化妝之後的美，但他什麼也沒有說，只是點了點頭，脫下軍帽，坐在她對面的沙發上。

她爲他加了一杯咖啡，然後放了方糖，用湯匙慢慢地攪動了幾下，雙手端到他面前的茶几上，微笑對他說：

「我們還有點時間對不對？你累了，你應該喝杯咖啡。」

他還是望著她，目光平靜柔和，像是一個孩子欣賞著自己喜愛的玩具。她端起咖啡，放在鼻端聞了一下香氣，然後輕輕地啜了一口，放下了杯子對她說：

「小雪，妳還記得多年前我說過的雪蓮嗎！唉，其實我是不該去尋找雪蓮的，其實雪蓮一直在我身邊，妳就是那朵雪蓮……」

她朝他安靜地笑了笑，又端起自己的咖啡舉杯向他說：

「還是趁熱喝了吧！」

4 女蘿

雨還是下個不停，梅雨的天氣是一種黏黏濕濕的悶熱，大門的兩旁站立著兩排頭戴鋼盔的持槍士兵，每個士兵的臂章上的老鷹，也是濕漉漉地搭在士兵的手臂上。

士兵像一枝枝的標槍一樣地立在雨中，雨水落在他們的鋼盔上，發出鏗鏗鏘鏘的聲音，然後沿著鋼盔的後緣慢慢地滲進他們的衣領裡面去。從下午四點開始，這班衛兵只是站在雨中，他們唯一的工作是當每個將軍跨進大門的時候，他們全體同時以皮靴踏地，同時平伸手臂，同時高喊「muromi!」，當他們的皮靴踏在地上的時候，雨水飛起，濺在旁邊的士兵的褲管上。

樓下會議室大廳，燈火輝煌，地上是一床滿布整個地面的絨毯。地毯是黑色的，黑色地毯的中央刺繡著一隻巨大血紅色的老鷹，紅色的老鷹展著雙翅盤踞在大廳地上的中央，房間的一角，坐著兩排穿著黑色晚禮的樂隊人員，他們打著紅色的領結戴著白色的手套，每個人抱著自己的樂器，端正的坐在椅子上。樂隊的旁邊，是一張長方形的大桌，桌上放著各種不同的酒以及不同的菜餚。

除了山下元帥穿著掛滿了勳章的軍服，所有廳中的男人都穿著同樣的黑色晚禮服打著紅色的領結，戴著白色的手套，他們和坐在房間一角的那些樂隊唯一不同的是他們晚禮服的衣袖上，戴著和地毯同樣的老鷹臂章。他們的夫人，卻是各自穿著花枝招展，出奇制勝的各種不同的服裝，山下元帥的夫人，帽子上還是插著孔雀的羽毛，還是穿著胸口開得很低很低的晚禮服……

夫人們一面揮著扇子一面談論要命的天氣和最近的歌劇，男人有的吸菸有的喝酒，有的在圍著從前線回來的獨眼河伯樂將軍談論前線的戰事。只有山下元帥，靜靜地站在窗口，對著下個不停的雨靜靜地吸他的雪茄。

窗外院中，稀疏的幾株松樹上纏繞著枝枝的女蘿草，女蘿因爲吸收了多量的雨水而呈現出一種豔綠，綠油油的女蘿像是一個剛把自己的丈夫當早餐吃掉的少婦，得意而放肆地在雨中展現著自己的新綠。山下元帥靜靜地望著眼前兀自青青的女蘿，忽然用他低沉沙啞的聲音嗚嗚地唱起一支他小時唱過的歌：

無根也不會結果子的女蘿
倚附在松樹上而生
當松樹倒了的時候
女蘿也就沒有明朝了

……

引人注意的是山下夫人咯咯的笑聲，以及河伯樂將軍飛舞著拳頭口沫橫飛的那些「帝國的軍隊在前方已經取得空前的勝利……」「敵軍已經全軍覆沒……」「神聖帝國的偉大指導者……」連貫卻不成文的單句，誰也沒有注意山下元帥望著窗外低聲唱的兒歌。

河伯樂將軍演說完了前方的偉大勝利之後，兩手各端著一杯嫣紅的葡萄酒走到窗口，他把一杯酒遞給了山下元帥，然後立正、挺身，舉杯向山下元帥：「爲皇國永存，陛下萬壽乾杯。」

山下元帥朝著光頭的獨眼將軍微笑了一下，舉了舉杯，他看到河伯樂將軍的光頭上有閃閃的汗珠，那隻沒有戴黑色眼罩的獨眼，也因爲剛才激昂過度的那些「空前的勝利」而充滿了興奮的淚光。山下元帥吸了一口雪茄，望著這位神聖帝國的軍事強人，也是自己多年培育的學生閒話家常地說：

「事情已經到了今天的地步，我眞佩服你，你還能睜眼說瞎話，而且說得那麼義正辭嚴，那麼慷慨激昂……」

「越是危急的時候，軍心越須穩定，軍心如水，一散不可再收。」

「穩定軍心不是靠高喊震天的口號，我問你，你帶著十四萬青年出去，不到三年，現在只帶著不到兩萬的人回來，這就是你口口聲聲高喊的『空前的勝利』嗎？」

「他們爲了神聖帝國光榮戰死，他們的名字將永遠留在帝國的紀念碑上，他們死而無憾，他們……」

「不要對我『他們』、『他們』地喊這些你自己也不相信的口號，如果你眞的覺得『他們』是死得那麼好，那你自己爲什麼不和『他們』一樣？如果你是他們留下來的寡婦孤兒，我問你，你要一個紀念碑上的名字或是要一個丈夫？你是要一個遺族勳章或是一個父親？」

「……」

「河伯樂，你知道你所高喊的『空前勝利』的眞相是什麼嗎？你看，這是前天松井將軍從緬甸發出的最後電報，他的遠征軍全軍覆沒了，他也舉槍自殺。還有東支方面派遣軍的岡村將軍，他的一個飛彈師和一個裝甲師都已經陣前叛變，投降了聯軍，如今正隨著聯軍向首都集中，首都的衛戍部隊再加上那些學校的少年娃娃兵，加起來不到十萬人，而敵人的聯合艦隊，已在東京灣不到一百海里之內，河伯樂，這就是我們的『空前的偉大勝利』。」

「首相，我們大日本帝國偉大的指導者，他知道嗎？」

「所有的錯誤命令都是他一個人發出的，他怎會不知道？他是個巫師，當他進入恍惚的入巫儀禮之中的時候，他自以爲是神，可是當他醒過來以後，他又記不得自己做了什麼事，就像一個酒鬼，宿醉之後只感覺到自己的胃痛，卻忘了醉中曾經說過的話。」

山下元帥說完了這話之後，不再理會他身邊的河伯樂將軍，只是望著窗外下著不停的雨，靜靜的吸著嘴中的雪茄，光頭獨眼的將軍，掏出一塊手帕，擦著額頭上的汗水……

山下元帥突然又回過身來對著河伯樂將軍，他取下嘴中的雪茄，然後把雪茄狠狠地塞進嫣紅的葡萄酒杯中，把杯子遞還了河伯樂將軍，然後說：

「這雨下了這麼久，河伯樂，也該是放晴的時候了。」

一陣軍樂響起，二樓的樓梯中間，站著戎裝齊整的首相和白衣如雪的雪文，也有敏感的將軍在心裡納罕首相的身旁，怎麼只有他的夫人，而沒有那隻一直隨他出現的愛犬。女人們則偷偷地打量元首身旁的雪文，從她頭上的頭巾直到她的腳底……。

軍樂停止，全場靜肅無聲。男人全體以腳踏地，平伸手臂，齊呼muromi，女人全體以雙手拉裙，雙腿交叉，屈身彎腰，齊呼muromi，他的眼睛掃射過樓下的每個人之後，才微微地點了一下頭，口中吐出了一個字「好」！

然後輕輕扶著雪文的腰，一步一步地下樓，雪文微笑著向每個人點頭，當她走到山下元帥面前的時候，她微笑著對山下元帥說：

「元帥，您的夫人今天眞美，像是支那敦煌壁畫上大唐帝國的美女。」

當她面對河伯樂將軍時，她又嘆了口氣對獨眼將軍說：

「唉，這麼好的盛宴，可惜您的夫人不能來，您在前線辛苦了，帝國的婦女，應該以您的夫人爲榜樣……。」

首相對著這些將軍和將軍的夫人，始終不說什麼話，只是目光如劍地注視著一張張的臉之後，在喉嚨中含糊地說過「好」字或是「嗯嗯」兩聲，直到他用這種「好」和「嗯嗯」的方式和每個人打完了招呼之後，才走到大廳的中央，接過山下元帥端過來的酒，舉起杯子，開始訓話：

「同志們！黎明之前的黑暗已經過去，展現在我們帝國面前的是無限的光明，最好的消息是松井將軍的南線遠征軍已經攻克了緬甸、菲律賓及馬來亞全境，東南亞的全部地區已是皇國的版圖。東支派遣軍的岡村將軍也突破了敵人的防衛而進占了支那的首都南京，支那軍民，簞食壺漿以迎王師，我皇國軍人光榮入城，秋毫無犯、軍紀如鐵，獲得國際間最高的讚揚……

「同志們！人類過於頑劣，沒有生存下去的價值，凡我大日本神聖帝國的天照大神之子孫，有義務起來重建大東亞共榮之神聖使命，由朝鮮滿洲而支那全境，由緬甸東南亞各島而到印度，大東亞共榮圈的建立已在目前……

「同志們！讓我們把黑地的紅鷹飛翔到全世界的任何角落，讓我們以皇國聖訓統一東亞，讓我們高呼大日本神聖帝國萬歲，……讓我們高呼天皇陛下萬歲……讓我們高呼……」

他每高呼萬歲一次，就舉一下手中的酒杯，每次舉杯的時候其他的人也跟著舉杯，幾度高呼，幾度萬歲之後，他手上酒杯中的酒已經灑溢得所剩無幾了。

他聲嘶力竭地喊完了他的訓話以後，掏出了手帕，擦了一下額頭的汗水和嘴角的白沫，然後望著他的那些一動不動有如石像的將軍，他轉過頭對山下元帥說：

「讓他們輕鬆些，不要直立著像木頭，讓他們像在自己家裡一樣！」

山下元帥對著樂隊指揮點了下頭，樂隊指揮舉起了指揮棒，樂隊開始奏出柔和的圓舞曲，他和雪文起舞，其他的人也隨之而舞，他和雪文跳完了一支曲子之後，讓雪文和其他每位將軍各跳一曲，而他也從山下元帥的夫人開始，邀請每位夫人共舞。在一對對的舞伴之中，他看到今天的小雪好像跳得特別盡興，她的白裙在其他女人的五顏六色的盛裝之中更顯得特殊，她的翩翩白裙，使他又想起喜馬雅拉山的雪蓮……

七點正，音樂停止，他和雪文開始向所有的人一一握手，然後和雪文在樓梯口前站定，當他站定的時候，軍樂再度響起，所有的人再度以腳踏地平伸左臂，再度齊呼muromi，他再度以如劍的眼光掃射一遍所有的人，然後「嗯嗯」兩聲之後，他也平伸左臂，對著眾人高喊「大日本神聖帝國永垂不朽」。

他輕輕攙扶著雪文步上樓梯，門口的兩名衛兵打開房門，他和雪文進入房中，衛兵又把房門閉上。樓下，圓舞曲再起，眾人再度起舞……

七點四十五分，平野健次准尉和福本保伍長進入大廳，走向山下元帥，平野准尉雙手呈上首相的信，山下元帥取出信，他看到信上筆墨橫飛地寫著：

一、帝國已到最後關頭，我與小雪帶領拿破崙先走一步，帝國善後問題，由你全權處理。

二、晚宴舞會結束之後，命平野健次中尉（今日起他晉升中尉）負責以兩百公升汽油葬我並焚毀此屋所有，不留任何痕跡。

三、敵軍明日早晨進城，首都防衛決戰作戰命令如左：

之一、命山下元帥……

之二、命東鄉上將……

之三、命河伯樂中將……

之四、命乃木中將……

之五、命田中少將……

之六、命……

之七、命……

山下元帥沒有看完那些之七之八……的命令就把信摺好塞進了信封，然後對著像標槍直立在自己面前的平野准尉說：

「沒你的事了，你們下去吧！」

兩名衛兵立正，平伸左臂喊了muromi後向後轉身，山下元帥又叫住了他們說：

「哦！對了，我忘了，平野健次准尉，現在起你是中尉了，還有你，你叫什麼名字？哦，那麼你也當少尉好了。去吧，去吧，去開個小小的慶祝會吧！」

山下元帥走到大廳中央的通往二樓的樓梯口，站在剛才首相高喊萬歲的地方，輕輕地拍了兩下手掌，音樂立即停止，所有正在起舞的人們都停下了舞步，靜靜地望著枯瘦、矮小、白髮如銀的山下元帥……

「各位！晚宴至此正式結束，今夜十一點正，在參謀本部第三會議室召開緊急軍事會議，所有將領一律出席，不准任何人以任何理由不到，命令河伯樂中將爲此次緊急會議的大會主席兼召集人。各位將軍，趁著雨小的時候，還是先送你們的夫人回家吧！距離今夜的會議，還有三個小時的時間，各位可以好好地洗個熱水澡，這雨，還有的下呢……」

山下元帥命令田中少將先送山下夫人回家，他招來河伯樂將軍，把剛才元首的那封信交給他說：「其實你看不看這些命令都無所謂，死去的巫師沒有權力再來決定活著的人的事，你愛怎麼做就依你的意思做好了，你跟了我這麼多年，河伯樂，這是我給你的最大的也是最後的機會了……」

望著大廳中逐漸離去的人影，山下元帥爲自己倒滿了一杯酒，也倒了一杯滿滿的酒給了河伯樂將軍，他對河伯樂舉了舉杯，又說：

「河伯樂，你看路燈下窗口的那些紫藤花開得多美！而明天，這裡不再有紫藤花，院中不再有松樹，也不再有那些松樹上的女蘿草，而若干年以後，有誰會記得這塊土地上有過什麼呢？……曲終人散，宴會已經結束，河伯樂，我們也該離開了……」

山下元帥吹熄了餐桌上的最後一根蠟燭，然後望了二樓的房門一下，拿起帽子，和河伯樂將軍走出去……

……

十一點正，首相的官邸正在雨中燃燒……。

山下元帥的參謀本部第三會議室，燈火輝煌，光頭獨眼的河伯樂將軍在會議室中走來走去，所有的將軍都戎裝齊整地準時而到，獨獨不見山下元帥。

遠方，隱隱約約地傳來了斷續的砲聲，敵軍已在一百公里以內。

沒有人知道山下元帥去了那裡？包括山下夫人。

雨，依然不停……

原刊於一九八五年八月十一——十二日，《中國時報》人間副刊
選入《七十四年短篇小說選》，爾雅

再見南國

1

整個晚上似乎都是加藤教授一個人在說話，也許是因爲他喝了酒，也許是因爲他上星期剛從中國大陸旅行回來，急著向我們報告他的見聞。他說完了上海也有男女大學生同居的事以後，他的話題又一下轉到四十多年以前他在上海和中國舞女談戀愛的事上去了，加藤教授固然興高采烈，口沫橫飛，可是我們幾個卻聽得累死了，吃完了「天津包子」以後，教生物的老杜忽然偷偷地低聲對我說：

「我們五個人，計程車也坐不下，不如先『設計』老加藤回去，反正跟他喝酒也沒什麼意思。」然後，他裝著很累的樣子，伸了伸懶腰，大聲地說：

「怎麼搞的，居然喝醉了，明天一早還有課怎麼辦？老謝，你明天不是也要監考嗎？我看今天就這樣散了吧！」

白頭髮的加藤教授正說到日本戰敗，他被遣送回日本時在碼頭等船，那個中國舞女送了一包紀念品給他，打開一看竟然是一絡頭髮的事，他急得拉著老杜的手說：

「不，不，再喝一家，反正三杯也醉，三十杯也同樣還是醉，我話還沒說完呢！」

「您年紀大了，該保重身體，如果您喝酒喝死了，以後誰唱梁山伯祝英台給我們下酒？我看還是散了好，您是大前輩，讓我們送您上車吧！」老杜半開玩笑地說。

我們把加藤教授推送上車以後，大家相視而笑，我和老杜都有過好多次和加藤教授喝酒的經驗，他一喝了酒，話就沒完，更苦的是他每次要強迫我們聽他的「越劇」。

「去哪裡？」吉野問，他教數學，我們幾個人當中以他酒量最大，可是也最清醒，每次送我們回去的總是他。

「哪裡都好，吉野做事，我們可以放心，你們先等我一下，我要先『解放』了。」老杜說著，就眞的站到牆邊小便去了。

「警察來了！」這學期剛入學的留學生寧杞有意地嚇唬老杜說。寧杞是個一百八十多公分的大塊頭，臉上有條疤，他自己說是在嘉義被不良少年砍的；他很有女孩子緣，來我們學校還不到一個學期，就有日本女孩子說要嫁給他了，因爲他是立法委員的兒子，所以他常開玩笑地稱自己是「貴族階級」。

「別緊張，這裡不是台北，在日本我們的警察是不會干涉國民的小便自由的，」老杜一邊拉著褲子的拉鍊，一邊接著說：

「啊！忽然很懷念台北的林森北路了，好！決定了，我們就去『南國』，那裡有你們的同胞陪酒，很像台北呢！」

老杜是我們學校的生物教授，他叫渡邊健兒，他自稱姓杜，是因爲他曾經在師範大學華語中心念了兩三年中文，他能說很流利的中文，他自己說這是他在林森北路一帶喝酒鬼混的成績；後來他又以交換教授的名義在台北一家學院教過一年書，寧杞就是那個時候他在台北教過的學生。

在計程車上，寧杞忽然問老杜說：

「杜老師，你在台北住了幾年？」

「三年，不，加起來一共是四年吧！」

「你覺得台灣好不好？」

「沒什麼好不好，有好，有不好。」

「在我們學校教書呢？」

「如同嚼蠟，日本的大學也差不多，反正學生是混，老師也是混，都一樣，不信你問老謝就知道了。」

「是這樣嗎？」寧杞轉過頭問我。

「八九不離十吧！」我說。

「可是你不是『海外學人』嗎？」

「『學人』是什麼意思？」吉野問，他正在跟我學中文，說什麼爲了要研究中國古代數學。

「學人是說『學做人』的意思。」我對他說。

「『學做人』，不明白！」

「唉呀！就是多生幾個孩子的意思啦！對不對？」老杜有意拿吉野開心地說。

「哦！明白，明白。」吉野一副恍然大悟的樣子點著頭明白起來了。

車子經過「和平公園」的時候，吉野指著公園中一個被電燈照得閃亮的圓形的教堂式的遺蹟對我們說：

「原子彈就是在那地方丟下來的，我的家就在那後面，我爸爸和妹妹統統死於原爆，我因爲媽媽剛好帶我去了京都的外婆家，所以留了下來，喂！渡邊，你那時在哪裡？」

「在蒙古。」

「胡說！」

「在蒙古是騙你的，那時我在天津倒是眞的，要不要我告訴你眞話？」

「當然要！」

「好！我告訴你，剛才老加藤不是一直在吹他和中國女人的戀愛史嗎？你知道我爲什麼急著把那老傢伙趕回去嗎？因爲我聽得煩死了。老實告訴你們，眞正和中國女人談戀愛的是我爸爸，我就是最好的證明，我是戰爭的遺產。」

「怎麼說？」吉野好像對老杜的身世充滿了興趣。

「你又不『明白』了是不是？其實很簡單，我爸爸愛上了一個中國女人，和她生了一個私生子，就是我。終戰的時候我四歲，我爸爸把我帶回日本交給了我現在的媽媽，我就是在我的日本媽媽口口聲聲『支那清國奴』的罵聲中長大的，你『明白』了嗎？」老杜的聲音提高了許多，顯然是有些激動的樣子。

「對不起，渡邊，我眞的沒想到。」吉野好像有些抱歉似地說。

「也沒什麼好對不起的，私生子有什麼不好？不是說私生子都比較聰明嗎？難道我渡邊健兒教授不聰明？只是我一聽到戰爭就有些不舒服的感覺罷了，其實這些個人的事，我也從來沒對人說過。」

我好像一下子懂了老杜好多事，比如他到師大去讀中文，他一個人住學校的宿舍而不回家裡住，以及他對此地留學生們的特別照顧等等之類的事。

「老杜，你的中國媽媽呢？」我問。

「不知道，也許還在天津，也許眞的已經回蒙古去了，她是蒙古貴族，一個什麼王的女兒。」

「那你爸爸呢？」

「做了三十多年的市役所的職員，去年退休了，上星期他跟著訪問團去了中國大陸。」

「他會找到你媽媽嗎？」

「誰知道會不會?只是他自己相信他死前一定能夠再見到我媽媽的,我很小的時候每次他帶我在海邊散步的時候他就說,已經說了三十多年了,現在終於去了。」

「喂喂!司機先生,已經開過頭了,對不起,就在這邊靠邊停好了。」吉野慌慌張張地付了車錢,我們下了車。

流川,霓虹燈閃爍,酒店門口的紙燈籠飄在風裡,一如台北林森北路的那些巷子。

2

閣下不必乘飛機遠赴台灣,同樣可以享受號稱「男性天國」台灣的南國之夜,本店擁有十數名台灣美人,熱情招待,服務「滿點」,有閣下意想不到的浪漫氣氛和異國情調,本店就是閣下近在眼前的天國,歡迎光臨指教。

店主敬白

南國酒店的大門前依然是這張大白布上漆著血紅大字的廣告,站在門口的還是上星期看到的兩個人,男的帶著瓜皮小帽穿著長袍,嘴上還貼著兩邊彎彎的八字鬍,就像日本電視上常見的耍寶的魔術師,女的也還是那件開衩幾乎開到腰的大紅旗袍,兩個又滑稽又討厭的人一左一右地站在門口招徠客人。

店裡的昏暗、嘈雜、嬉笑、煙霧……一切都和上星期一樣，唯一不同的也許是我的女同胞們換了制服，其實也還是那種開衩開得幾乎到腰的旗袍，只不過是紅的換成了銀白色的罷了。

一個女同胞正拿著麥克風在用五音不全的日文唱著一支已經老掉了牙的日本歌〈明治一代女〉。

「歡迎歡迎，今天這是第幾家啊？」細聲細氣而且細瞇著眼睛的白胖店長像招呼老朋友的樣子對我們笑著走過來，每當他笑的時候，都好像閉著眼睛似地。

「上星期來過以後再沒喝酒，今天是頭一次！」老杜說。

「別騙人啦！教授先生！難道您是患了腦溢血？不然臉怎麼那麼紅？來，我幫您擦擦。」胖店長說著，就拿起熱毛巾要爲老杜擦臉，老杜一面往我這邊歪身子，一面用手擋住自己的臉說：

「少來這一套，我可不是你們『薔薇族』（同性戀的男人），要擦臉就趕快叫秋萍來爲我擦，不止擦臉，擦哪裡都可以。」

「阿拉，怎麼幾天不見就這般『無情』了呢！秋萍回台灣了，等一下我給各位介紹一位新來的美人，比秋萍還漂亮呢！就是剛來，還不太習慣，而且不會日文也怪麻煩的，各位可多多指教才好！」店長點燃了手中的打火機，舉了舉手，立刻就有穿將軍服的僕役連聲「嗨！嗨！」地走到這邊來。

「去叫七番的來，還有拿渡邊教授的酒，吉野教授的威士忌是double不要加冰，謝教授不吃『氣死』(cheese)，看有沒有炸雞塊。嗯！記住了沒有？一定要記住每位客人喝酒的習慣，知道嗎？」

將軍服「嗨！嗨！」地鞠躬走了，唱歌的又換了另一位我的同胞，在扭腰擺臀地唱一支國語歌，歌詞聽不大懂；有喝醉了的日本人吹口哨，發怪聲，他們也似乎根本不管她唱些什麼，只注意她旗袍開衩的地方。胖店長瞇著細眼瞅著寧杞瞧了一回子說：

「阿拉！這位英俊的青年可是初次見面，您是新來的留學生吧？日本怎麼樣？還習慣嗎？」

「日本女人很好。」寧杞好像故意裝做很認眞的樣子說。

「阿拉！要死啦！怎麼一開口就是女人呢？您可得小心喲！別被你的老師們給帶壞了，他們呀！別看他們在學校裡道貌岸然的教授樣子，其實一來到這裡可眞『黃』到了家呢！尤其這位吉野教授，整天不說一句話，喝酒又比誰都兇，就不知道辦起事來是不是也和喝酒一樣兇？」

「你和他辦一次不就知道了？」應該說話的吉野什麼也沒說，說話的卻是老杜。

「阿拉！要辦也要和這位英俊青年辦才有情調，而且正如本店所標榜的是浪漫氣氛、異國情調，嗯！小哥，您說是不是？」店長說著已經把手搭在寧杞的肩上了，寧杞看著我，好像還聽不懂店長一語雙關的日本話。

「那你何不和寧君試試？」說話的還是老杜。

「阿拉！他這麼個大塊頭，就怕我受不了呀！啊！酒來了，各位慢慢喝，不打擾了。」店長說著就站了起來，臨走又拍了拍寧杞的肩膀說：「阿拉小哥，跟您開玩笑的，可別介意喲，這種地方要不說說笑笑誰也待不下去的，您頭次來，多喝幾杯，今天您的帳我簽，可別喝醉了就是了。」

店長走了以後，我們才發現一個女孩早已經站在我們的桌邊，不很高，短短的頭髮，因為瘦所以眼睛顯得特別大，是一個很清秀的女孩。

「請坐！」老杜和我幾乎是同時說出了同樣的一句話。

「謝謝，我叫駱霜，請多指教。」她說著很破的日文，可是聲音很好聽，坐下來以後她開始為我們的杯子加酒。

「什麼？妳叫什麼？」老杜問。

「駱霜，駱駝的駱，冬天下霜的霜。」說著，她用筆在一張紙上寫了「駱霜」兩個字遞給了老杜。

「駱霜，好奇怪的名字，台灣人好像姓駱的很少，妳是外省人吧？」老杜好像又犯了他研究中國話的老毛病，但又好像不是，他似乎對這個大眼的瘦女孩有些興趣的樣子，因爲他一反平常嘻皮笑臉的樣子而顯得認眞地問她。

「不是外省人，是山地人，您知道『高山族』嗎？我就是。」

「山地同胞？那妳和我們謝樣是眞正的同胞了，老謝，請用你們的語言交談吧！」然後老杜又好像自言自語似地說：「駱駝的駱，冬天下霜的霜。」

「哦？謝先生也是？您哪裡？」駱霜爲我點了菸問我說。

「其實我只是半個，媽媽是花蓮阿眉族，爸爸是平地，妳呢？」

「我是泰雅族，原來住在新竹尖石鄉，四年以前搬到梨山去了，我媽媽在那邊種梨。」

「妳老爸呢？」寧杞忽然也像很有興趣似地插嘴問駱霜。

「死了，要是我父親不死，我大概也不會來這裡了；對不起，我可以吸菸嗎？」寧杞把自己嘴上的菸拿了給她，然後自己又點了一根說：

「來日本多久了？」

「我們是觀光簽證來日本的，兩個月，可以延期一次，一共四個月，我不要延期了，下個月底到期我就要回去了。」

「爲什麼？許多人不是死也要往外國擠嗎？爲什麼妳擠出來又急著回去？」寧杞說話總是

那麼直截了當，而且很少爲對方留面子。有時候他好像對什麼事都吊兒郎當，很不在乎的樣子，可是有時候他又好像很不快樂的樣子，經常會悶聲不響地呆呆地望著什麼出神，兩眼顯得空洞而憂鬱，據說有個女孩子就是因爲他「很不快樂」而愛過他的。

他離開台灣已經四年了，他自己說當時出國一方面是他父親一定要他在外國成家立業，另方面是台灣使他覺得「悶得要死」，所以他就出國了。他去過許多國家，最後在美國拿了個碩士，又因爲喝了酒和美國人打架而被趕出境，所以才到日本來的；他念畜牧，最大的夢是移民到澳洲去找塊地開個牧場。

駱霜一面爲我們加酒，一面看著寧杞說：

「有人想出來，有人想回去，都是看人而異啦！哦，您問我爲什麼急著回去是不是？原因很簡單的，在這裡我受不了，原先我是在華欣飯店唱歌的，他們這邊的店長到台灣找歌星，說是出國演唱，可是來了以後才發現根本不是這麼回事，而且待遇和在台灣所談的也完全不一樣。」

「爲什麼不找他們理論？」寧杞問。

「找過了，他說他如數地付了錢，我沒有拿到是中間旅行社的介紹人吃掉了，他還說唱歌哪有那麼多錢好賺，要賺錢就得像他店裡的別的歌星一樣做兼差，他說他可以介紹可靠的客人。」

「兼差？你是說陪客人睡覺？」寧杞好像是一點也不放鬆。

「何必說得這麼難聽？反正你知道就好了！」

「那妳爲什麼不？台灣不是有很多女人這樣賺錢的嗎？」

駱霜緊皺了一下眉頭，好像有點生氣，但又不好發作似地，也許是燈光昏暗的關係，我老覺得她注視寧杞的時候她的眼睛特別地閃亮，過了一會，她說：

「大概跟你所說的出國是一樣的吧！有人做，有人不做，也還是看個人啦！你以爲兼差的錢好賺是不是？上星期我的店裡才被警察抓走了兩個。」

「妳是怕，所以不敢『兼差』對不對？」寧杞故意強調兼差兩個字，我眞搞不懂他是關心她或是奚落她？駱霜似乎沒有因爲寧杞的話而生氣，她仰起頭，吐了兩個圓圓的煙圈，然後看著煙圈擴大，消散，她很淒迷地笑了笑說：

「你愛怎麼想就怎麼想好了，嗯，也許是吧！」

鄰桌傳來了老杜的笑聲，不知道是什麼時候他到鄰桌去的。那邊的客人裡有一位我也認識，是學校裡學生課管留學生的中野，我聽到他們叫老杜「貓博士」，我知道老杜一定又在吹他的生物實驗了。研究所的學生們也都在背地裡叫老杜貓博士的，據說是因爲有一次他帶學生做實驗，找了好幾隻貓來，然後叫學生們用威士忌酒灌貓以觀察貓對酒精的反應，結論好像是貓對酒精的反應和人差不多，也會喝醉了以後顯得很亢奮之類的，從那時候起他們就叫老杜貓博士了。吉野還是一聲不響地喝不加冰塊的酒，臉也不紅，似乎完全清醒。

胖店長又轉到我們這邊來了，拍了拍寧杞的肩膀說：

「她平常陪客人喝酒活像個啞巴，可是和你們倒是有說有笑的，畢竟還是同胞的緣故吧？對不起，我來掃你們的興，該她唱歌了，來，我來陪你們喝一杯。」

老杜大概是因爲看到了胖店長，所以也回到這邊來，他的腳步已經站不穩了，臉紅得像隻煮熟過的螃蟹。他一坐下來就把手裡的一杯「白馬」往桌上一放，說是鄰座學生課的中野君孝敬他的，並且說中野曾經上過他的課，本來是不及格的，因爲上課「態度良好」，所以老杜破例給了他一個C等才能畢業的。

喧譁嘈雜的酒店好像一下子靜了下來，不是爲了老杜和胖店長所說的黃色笑話，而是駱霜開始唱歌了。我沒想到日本話說得那麼破的駱霜唱起日本歌來卻是字正腔圓，而且她低沉淒迷的聲音也很適合她正在唱的那支歌：

在南國土佐高知地方的
播磨屋(Har imaya)橋上
曾見一個和尚
買了一隻髮簪

啊！yosakoi, yosakoi……

「她唱些什麼？」寧杞問我。

我告訴他這是十九世紀的時候在日本四國土佐一帶流行的一支民謠，據說當時有一個高知縣五台山竹林寺的出家和尚叫純信，愛上了當地一個補鍋匠的女兒，有一次當他在播磨屋橋上爲他的愛人買一隻髮簪的時候，不巧地被別人看到了，於是人們把這件事編成了歌到處傳播出來了。差不多二十年以前，日活公司根據這支民謠改編拍了一部電影，就是小林旭的成名作品《再見南國》。

寧杞好像很專心地看著唱歌的駱霜，也不知道有沒有在聽我對他所說的話，不過他又忽然對我說：

「光頭的和尚，卻在橋上買一隻馬子頭上的簪，嘿嘿，亂耐人尋味一把的，後來呢？」

「有人說純信和尚因爲買簪的事被逐出了師門，離開了五台山的竹林寺，成了一個到處流浪的行腳和尚。另一個傳說是好多年以後，純信和尚當了京都一個大寺廟的住持，圓寂的時候只留下一件遺物，就是一支女人的頭簪；總之，是個無可奈何的宿命式的悲劇。」

駱霜接著又唱了一支國語歌，內容不清楚，調子好像是日本歌曲改編的，也是幽幽怨怨的，酒店裡又開始喧譁嘈雜起來，老杜又開始和胖店長開一些黃色的玩笑了。

突然，我們聽到一聲酒瓶敲在桌上的玻璃破裂聲，中間夾著一個女人的尖叫聲，胖店長隨著聲音站了起來，老杜和寧杞也隨著站起來，角落的位置上坐著的三個男人之中的一個穿白色西裝的手裡握著一半碎酒瓶大聲地吼叫著：

「馬鹿野郎！也不打聽打聽這是誰的地盤，我們社長要妳是抬舉妳，平常妳們社長親自送到我們社長家社長還不要呢，哼！我們社長不過是最近忙，沒去台灣，所以才對妳們台灣女人有些懷念起來罷了……妳回台北的『六月花』一帶問問，看有誰不知道日本廣島的泉社長。」

被白西裝稱爲泉社長的是一個穿著日本和服的禿頭的中年人，戴著眼鏡，手裡拿著一根手杖，他嘴裡含著菸斗，沉默地坐在中間，不斷地用手杖緩慢而且輕輕地敲著桌子。社長的右邊是一個和白西裝差不多年紀的瘦高青年，留著和白西裝一樣的平頭，穿的卻是一身黑色的西裝，戴著黑色的墨鏡，奇怪的是他還戴著黑手套；他一身黑，除了那條紅色的領帶，這樣一白一黑的兩個保鏢，使我想起小時候廟祭時在城隍兩邊的黑白兩無常。

胖店長一面不斷地向「社長」彎腰鞠躬，一面口中似乎嘟嘟嚷嚷地在說什麼，只見那個白西裝又一面拿著手裡的半截酒瓶在胖店長的鼻子前晃來晃去一面說：

「難泥（什麼）？新來的就不可以動嗎？不賣身體那她來日本幹什麼？難泥？換別人？你這野郎以爲我們社長是只要台灣女人就可以打發的嗎？哼！老實告訴你這野郎吧！就要她！

你敢說不行？你說說看！」

站在桌邊一動不動的駱霜忽然不理胖店長和白西裝之間的談判而走到我們這桌來，她倒是很鎮靜似的，臉上冷冰冰地沒有什麼表情，她胸前和頭髮上都好像濕淋淋的，而且發散著一股威士忌的酒味。

「那小子用酒潑了妳？」寧杞問她，他和老杜還是那麼地站著，駱霜沒說話，只點了一下頭。

「那小子要幹什麼？」寧杞又問，駱霜還是沒說話，這回卻搖了搖頭，然後遞給了寧杞一張名片，寧杞看後給了我，我看到上面寫的是「泉組建設株式會社，取締役社長泉樹三郎」幾個字，我又遞給了老杜。那邊還是胖店長的鞠躬以及晃在他鼻子前的半截酒瓶，白西裝忽然轉身朝著我們用半截酒瓶指著我們這邊大叫：

「妳！台灣女人！妳給我站過來！」

駱霜一動也沒動，不知道她是聽不懂白西裝的日本話或是故意不理他們，她還是冷冰冰地直站著，但卻沒有絲毫害怕的樣子。那邊，白西裝又不耐煩地對我們這邊吼叫了：

「喂喂！你們！你們聽到沒有？叫那個台灣女人給我馬上過來！」白西裝用半截瓶子指著我們，用的是一種上級命令部下的很粗魯的日本話。

「妳和吉野在這邊坐著！」老杜忽然很粗暴地一把把駱霜按到椅子上，然後像發命令似地說：

「走！我們過去！」

白西裝似乎沒有料到過去的不是駱霜而是我們，倒是愣了一下，下意識地退了兩步，然後又馬上挺起胸膛向前跨了三步。老杜好像完全沒有看到白西裝這個人似地，他站定了，正面對著那個吸著菸斗的「社長」，「社長」還是一動也不動地坐在那裡用他的手杖緩慢而且輕輕地敲打著桌子，但是兩眼卻直視著老杜。

「難泥！你這個馬鹿野郎！誰教你們過來的？我叫的是那個台灣女人！」白西裝又像剛才一樣地在老杜鼻子前面晃他的半截酒瓶，但老杜完全不理他，仍然注視著他對面的「社長」一個字一個字地說：

「她不賣，她是這位寧君的未婚妻。」

「難泥？你這野郎在說什麼……」

白西裝的聲音一下子提高了好多，社長左邊的黑西裝也猛地向前跨了一步，而老杜卻依然一動不動，只那麼和「社長」對視著……

老杜和社長就那麼互相直視著對方，老杜對面的社長突然用手杖稍微用力地敲了一下桌子，接著就站了起來。他身材高大，和寧杞倒是差不多，他抬起手，慢慢地取下了口中的菸斗，然後對老杜說：

「渡邊教頭果然不同凡響啊！今日幸會了，今天的事就看您的面子，讓一切像流水一樣地過去吧！這兩位是……」

老杜指著我和寧杞介紹了以後，「社長」一面看也不看我們地「哦！哦！」兩聲，一面舉起手杖像他剛才敲桌子一樣地敲了兩下白西裝的肩膀對老杜說：

「小輩們無知，不懂事，對渡邊教頭可失禮了，請別介意，改天再叫他們專誠向您道歉好了。」

「社長」轉頭對黑白兩個小無常說了聲「走」以後又對老杜說：

「我先失陪了，各位慢慢喝，今天的酒帳算我的一點小意思，不成敬意，請別見怪才好。」

我弄不清是怎麼回事，黑白兩西裝似乎也不懂到底是怎麼一回事，但他們三個人卻走了，望著「社長」高大的背影，我才發覺他原來是個跛腳的人。

雖然胖店長巴結似地爲我們開了一瓶拿破崙，可是我們的酒興卻似乎也被跛腳的「社長」帶走了。我還是不懂爲什麼廣島最大的黑社會頭子會對老杜這麼孝敬？但也不好問他，駱霜、寧杞、老杜又好像各有各的心事，大家悶聲不響地喝著悶酒，酒店打烊，我們也就散了。

3

報紙的地方版用頭條的大字刊出了「生物學家××大學教授渡邊健兒遇刺重傷」的新聞，那是我們去「南國」喝酒的第四天，報上說那天午夜一點左右在流川「南國俱樂部」的門口，凶手用二十公分長的短刀向老杜的腹部連刺了兩刀以後逃走了，老杜立刻被送到我們大學的附屬醫院急救。據當時的目擊者說，凶手是一個身高約一七五公分留平頭的三十歲左右的青年，特徵是體瘦、面長，穿著黑色的西裝……警方正以殺人未遂事件搜查犯人中。

報上又說根據警方的判斷，凶手可能與暴力團組織有關，但渡邊是大學教授，似乎不該與暴力團組織有所糾葛，遇刺原因「頗耐尋味」云云。

接著報上又很詳細地介紹了老杜的經歷和著作，從報上所報導的老杜的經歷，我才知道老杜進大學之前曾進過日本自衛隊的特別作戰訓練班，他是劍道五段，退役以後曾在「清心武道館」任劍道教頭兩年之類的歷史。

在看報的時候，我腦中一直出現的是那個站在「社長」身邊的黑西裝黑手套紅領帶的沉默青年以及老杜和「社長」之間互相直視的眼睛。而我一直奇怪「社長」爲什麼稱老杜爲「渡邊教頭」的疑問，也似乎從老杜的歷史上得到了答案。

我和吉野去大學醫院看老杜的時候，他的房門口上掛著一個「會面謝絕」的牌子，護士說老杜住院以後拒絕會見任何人，我想他大概是討厭新聞記者和雜誌編者們的訪問吧？我們只好把帶去的水果交給值班的護士。護士說今天早上有兩個外國人來看老杜，也沒見到他，問我認識不認識這兩個外國人，我問她是什麼樣子的外國人，護士說是一男一女，男的很高大，臉上左眼下有條疤痕，女的穿著白衣藍裙，頭髮很短很像學生的樣子，我知道那一定是寧杞和駱霜了。

我和吉野又轉到外科室去找清水教授，他是老杜的酒友，也是老杜這次遇刺住院以後的主治醫生；清水告訴我們說老杜的傷不很要緊，大概三星期就可以出院，因此我和吉野也就放心了。

學校正式上課的第二天，老杜打電話到我研究室來，告訴我他出院了，他的嗓門也還是那麼大，笑聲也還是那麼豪爽。他說傷是好了，可是他的好朋友清水教授卻爲他發現了另外一種病，清水說他十二指腸上有一個洞，是很嚴重的潰瘍，必須絕對禁酒，否則又得住院了，最後老杜在電話中說：

「不喝酒也好，省下錢可以去台灣買個山地姑娘當老婆，你回台灣幫我找找看，如果有像駱霜那麼好看的，我馬上就去相親……」

自那個電話以後，有段很長的時間沒和老杜見面，一方面是理學部和文學部不在同一個校區，平常上課的日子大家碰不了頭，另方面是他既然奉命戒酒，爲了他的健康，不好晚上約他出來，因爲我和吉野都知道只要我們約了他，他一定又會要酒喝的。老杜曾經找過各種理由約我和吉野喝酒，比如什麼他剛審查完了研究生的論文，或是他又完成了什麼貓對酒精的反應之類的「偉大實驗」，甚至說什麼某家酒店是他班上學生的家長新開的，如果我們去一定免費之類的藉口都被老杜用上了，可是我和吉野都太知道老杜的花招了，每次都裝著道貌岸然的樣子拒絕了他。

倒是寧杞這段時間常來研究室找我，而且每次來總是問我借錢，他借的也不多，也從不告訴我做什麼用，我當然也不好問，每次都是如數地借給他，每次他拿了錢就匆匆地騎著摩托車走了，連個謝字也不說。

學期快結束的時候，期末考試以前的一個下雨的黃昏，寧杞到我的研究室來，他淋了一身雨，眼睛紅紅的充滿了血絲，他全身散發著一股酒味，有些醉醺醺地對我說：

「謝老師，我是來向你告別的，我不要念什麼鬼博士，我決定走了。」

「走？到哪裡去？」

「回台灣！」

「……」我沒說什麼，因爲我忽然想起寧杞說過的「死也不回台灣」的話。他從我桌上拿了我的菸點上，吸了一口，然後深深地噴出了一道煙線以後說：

「你很奇怪我的決定對不對？其實原因很簡單，上星期四我老頭死了，所以我想了三天以後，決定回去。」

「回去奔喪？」

「不是，是不想再出來了。」

「……」我又沉默，因爲我還是不懂他眞正的意思，他好像也不需要我的回答似地自己又接著說了下去：

「我老頭把我送出國的時候對我說我們寧家就全靠我了，要我一定要在國外成家立業，扎下個根，這樣他就死也安心了。現在老頭總算安心地死了，雖然我這些年也沒成家立業，只不過是像個浪子一樣從一塊土地轉到另外一塊土地上罷了。但是你知道，老頭活著的時候我是不會回去的，何必回去打破他晚年唯一的一個夢呢！他活著的時候，我在國外想他，可是我不能回去，現在我決定回去了，卻是因爲他死了，想想也覺得亂矛盾一把的。」

寧杞把他手裡的菸在菸灰缸裡用力地擰熄了以後，又接了一根，他像是來向我辭行，但也像是來向我訴說一些他自己的事，他接著說：

「在台灣和老頭相依爲命的時候，你知道我出生以後我老母就死了，那時候老頭天天逼我出國，自己也覺得應該到外頭去看看廣大的天地，不該死待在那個丁點的小島上過一輩子，所以出了國。先到法國是因爲老頭是留法的，在法國混了一陣子，也談了一陣子戀愛，煩死了，以後就到西班牙，以後是丹麥，然後又是南美、美國，最後是日本，可是說也奇怪，當我走完了一大塊又一大塊的土地以後，我又好像突然覺得台灣也不是那麼地小了，很古怪的想法對不對？」

我本來想告訴他「大小的感覺就像快樂與痛苦一樣，都是你自己心理上的事」，可是又一下子覺得這種回答十分抽象，也十分無聊，所以就轉了話題問他：

「你這幾年在國外是怎麼過的？」

「怎麼過的？還不是一個簽證到了期就轉到另外一個國家去，一個店的工打完了，別人不要我或我不想幹了，就轉到另外一個店裡去；當然打工以外也在好多學校掛過名，只是沒正經上過幾天課就是了。」

「那你回台灣以後準備做什麼呢？」

「誰知道？反正回去再說，我想憑我這身體大概也不會餓死的吧！」寧杞先是聳了聳肩，然後是下意識地挺了挺胸，他實在是個身高體健的青年。

「什麼時候？」

「後天，機票訂好了，我的退學手續也辦好了，那個事務員囉裡囉唆地說了一大堆話，有的話我聽不大懂，好像是退學還要教授會同意才可以的樣子，到時候就請你向他們說我老頭死了，我不想念了，就可以了。」

時間已經是吃晚飯的時候了，我提醒我們去吃晚飯，喝點酒，也算爲他餞行，寧杞卻說不用了，他還得回去整理行李，因此也就不勉強他了。外頭下著雨，我把上次朋友從美濃寄給我的那把油紙傘送了給他，因爲他每次來我研究室都把那油紙傘撐開看來看去的，好像很喜歡的樣子。臨走時，他又突然回過身來對我說：

「我向你借的錢我都記在本子上了，等我回去以後再慢慢還你，你也從來沒問過我借錢去做什麼，眞的，謝了。」

這是認識寧杞以來，他對我說過的唯一的一個謝字。

說完，他撐開了傘，大步地走在雨地裡。

4

寧杞沒有考期末考試就退學走了。

老杜得到了日本文部省的研究補助金以交換教授的資格到美國研究一年。

學期結束了以後，我也因爲一些原因離開了廣島而轉到東北地方的一個教會大學教書。

吉野他們幾個在我離開的時候爲我開了一個頗爲盛大的送別會，會後，我又和吉野去了「南國」。

南國依舊，只是女歌星們全換了一些新的面孔，她們所做的事，所想的事也似乎和駱霜一樣，她們本來就該一樣的，一樣是抱著淘金和成名的夢而來日本的台灣女人，一樣是來了日本以後才發現完全不是那麼一回事。

胖店長也還是那麼娘娘腔，他倒是告訴了一件使我和吉野都很吃驚的事，他說上次老杜出事，我們都不去「南國」喝酒以後，寧杞卻幾乎是三天兩天地往「南國」跑，他說寧杞每次都很晚才到，一直喝到店打烊才走，然後在店門口等駱霜換好了衣服就和她一道回去……

我突然想起那段時候寧杞常跑來問我借錢的事。也想起遠在美國的老杜，黑白兩西裝以及坐在他們中間的禿頭泉「社長」……

那是我最後一次去「南國」喝酒。

我在現在的學校教書也還是那麼回事，日子也總是在上課下課的鈴聲中過去，也在自己的一種斯斯文文的墮落感覺之中無聲無息地過去。在國外教書或許也有些像古時候被遠謫到邊疆去守邊塞孤城的戍卒，等到有一天驀然發覺自己白了頭髮的時候，才會想到追問自己的青春到底到哪裡去了？

老杜是個不喜歡寫信的人，這一年多我也不過接過他兩個電話而已；一次是他深夜從紐約打來的，他好像喝得爛醉，口齒不清地告訴我他下個月就要回日本來了，問我要不要他帶些什麼東西給我，我問他他的十二指腸潰瘍是不是好了，他大笑著說喝酒死了也總比撞車死了好得多。另一次是他從他的研究室打來的，問我在台灣給他找到老婆了沒有？

上星期二，我又接到他的電話了，他很興奮地告訴我說他就在我學校附近的大學開全國生物學會，吉野也陪他到了這邊，說是爲了看看我，叫我立刻趕到會場去。

那天晚上，老杜、吉野和我三個人又一起喝酒了，地方是我常去的一個河邊的小酒店。去了美國一年，老杜好像也沒有學會打扮自己，領帶也還是歪歪斜斜地吊在脖子上，唯一改變的是他留了很長很長的頭髮和上唇上的鬍子。吉野還是那麼沉默兮兮地像個詩人，老杜說了好多他在美國的見聞，當他說完了他在紐約「征服」美國女人的英雄事蹟以後，忽然又像想起了什麼似地問我：

「對了，老謝，你知道我回日本時經過台灣的事嗎？」

「去買老婆？」

「嗯，一半也是的。」

「買成了？」

「沒有，駱霜介紹了好幾個給我，漂亮是漂亮，可是這裡不大好。」老杜用手敲了敲自己的頭說。

「誰？你說誰給你介紹的？」我奇怪老杜買老婆的事怎麼會和駱霜有關，我以爲我是聽錯了。

「駱霜，你忘了嗎？駱駝的駱，冬天下霜的霜，廣島『南國』那個唱歌的。」

「忘是沒忘，只是奇怪你怎麼會找到她的？」

「有什麼好奇怪的？她不是說回梨山種梨嗎？我就去了梨山，隨便一問就找到她了，對了，更絕的是我還遇到了另外一個人呢？」

「你的老相好？」

「不是，是寧君。」

「寧杞？」

「對，他現在和駱霜一起在梨山種梨，寧君還提起他回台灣以前常向你借錢的事，他說你回台灣一定要去梨山看看他的果園，寧君好像比以前穩重多了，以前不是很像不良少年嗎？現在完全變了，你見到他就會明白的。」

「老杜，你不是爲了駱霜被人殺了兩刀嗎？結果駱霜還是被寧杞搶跑了，對了，我一直想問你，在『南國』的那夜，你明知那禿頭是泉組的『社長』，你怎麼還敢挺身而出呢？」

老杜沒有馬上回答我的話，沉默了一會，他突然笑了笑，然後像美國人似地攤了攤手說：

「大概是因爲她那個古怪的名字吧！我那晚總是想著沙漠上的駱駝，想著蒙古，你忘了，我母親是蒙古貴族的事？」

那夜，我們喝得大醉，包括不醉的吉野，老杜口齒不清地唱了好多遍那支〈再見南國〉的歌，直到我和吉野抬他上床的時候，他還嘟嘟喃喃地唱著：

在播磨屋的橋上
曾見一個和尚
買了一隻髮簪
………

原刊於一九七九年十二月二十五—二十六日，《聯合報》副刊
選入《六十八年短篇小說選》，書評書目、爾雅
選入《海外華人作家小說選》，香港三聯

水月

1 濁酒

老馬的眼淚滴落在杯子裡，他舉起杯，把那大半杯生啤酒一下子灌進喉嚨，「砰——」一聲，將杯子重重地敲在桌子上：

——你問我怎麼辦是不是？老弟，我還能對她怎麼樣？我只有等，等她玩夠了別人或是被玩夠了以後再回頭找我，什麼？你說我沒出息？你以爲我像宋江一樣拿把菜刀剁了她才算有出息是不是？也不想想我老馬多大歲數了，還能幹那種毛孩子的玩意兒？什麼？你大聲點，我聽不見，哦，孩子，三個孩子都歸她，房子歸她，家具歸她，所有的一切都歸她，只有房子的銀行貸款歸我，我是被「掃地出門」的，孩子？我當然想啊，可是她不讓我去看我的孩子，以前她每天晚上對孩子們講童話故事，現在是每天晚上對孩子作統戰，醜化我，說我粗鄙無知、呆板無聊，說我在外頭酗酒嫖妓……。什麼字眼都加在我頭上了，就只差沒說我是共產黨，因爲孩子也知道他爸爸是一萬四千個證人的反共義士，上次我領到一筆客串的小錢，買了孩子最喜歡的肯德基炸雞，她居然連門都不讓我進去，炸雞也不收，說吃了難消化，她，她連這一點我做父親的權利都要剝奪了，她甚至告訴孩子說我不是他的父親，說他的父親是空軍的飛行員，摔機死了……眞服了她們這些寫劇本的，說謊話從不用打草稿，一牛車一牛車的謊話，要找句眞話簡直比海底撈針還要難……。

我，我當然知道她說的全是謊話，如果一個女人和你睡了十年，你還不知道她身上什麼地方有顆痣，你才是頭號的笨蛋。我告訴你好了，她嫁給我的時候，她是童身，這樣夠了吧，她又不是聖母馬利亞，憑什麼處女生孩子？

不錯，是有個以前在跑船的，就是她現在的劇務，現在的男朋友，那小子前幾天見了我還賊兮兮地對我稱兄道弟，說他的連續劇中有個神經病的臨時角色問我願不願演，我要是去演，我才是眞正的神經病。

是啊！她已經不要我了，我還能怎麼樣，我除了每星期五下午在兒子學校的體育場，站在圍牆外看兒子打躲避球以外，我還能爲兒子做什麼？人家老莫還有第二個春天，我老馬，就這麼一個春天，現在，這個春天不經過夏秋，就直接換季成了冬天，我，我眞的只覺得渾身是冰……。

……

楊凡一面靜聽著老馬訴說自己的婚變，一面彷彿又看到穿著女中的校服，手中拿著報紙奔跑而來的小亭，小亭通紅的臉上滿是點點的汗。那年她才念高一，她的詩第一次刊登在宜蘭一個小報的副刊上，他和老馬帶她去他們的軍中福利社吃牛肉麵，還叫了一瓶福壽酒，三個人共祝一個年輕女詩人的誕生，而小亭永遠不會知道，在她的詩刊出的一個星期以前，老馬和楊凡兩個人穿著軍服坐著吉普車去宜蘭的那個小報的編輯部，老馬對以前同吃大鍋飯、而今退役當副刊主編的穆沙說：

老穆，這個女孩我喜歡，她的那首詩，怎麼改怎麼刪都隨你，但是你一定得給我登出來！

那時楊凡在宜蘭的通信學校當少尉教官，就像其他的預備軍官一樣，每天讀英文，數饅頭混日子，老馬是他們軍官連的少校連長。頭一個發薪的日子，老馬叫楊凡換上便服帶著他到宜蘭街上出公差，公事辦完以後老馬帶他去了一個「公共茶室」，兩個年輕女子分別把他們接進樓上的房間，楊凡緊張得鼻頭冒汗；匆匆了事之後，楊凡把薪水袋的信封全交了給她，她又抽出了一百元裝進一個紅色的封套中還給了楊凡。女子端來臉盆給楊凡洗了以後，叫他下樓去等老馬，楊凡悔恨交加，故意不等老馬逕自出門走回通校……。

楊凡記得宜蘭街路兩旁的那些濃綠布滿的尤加利樹，也記得他用第一次的薪水去買第一次體驗的那個女子，那個有著一頭鬈髮的山地少女美娜。

前幾年楊凡被穆沙請回來擔任新詩創作獎的評審，穆沙已是台北一家重要文學刊物的主編，老馬也早已退伍而轉任軍方出版社的編輯。當楊凡在進入決選的十篇作品中發現林亭的名字的時候，他爲老馬終於娶了小亭覺得欣慰。爲了感念宜蘭尤加利樹下老馬肝膽相照的昔日，楊凡力排眾議，堅持讓林亭成了那年新詩創作的首獎得主。

林亭因爲得獎而成了文壇上的新秀，她的詩集一本接一本地出來，像是糖漿加進汽水瓶裡那麼容易，連在美國的楊凡，都經常在國內寄去的中文雜誌報刊上看到林亭的照片。前幾天楊凡還在朋友家偶然在電視上看見林亭在談「女性、社會與詩」，電視上的林亭風姿綽約，口齒伶俐，不再是楊凡記憶中的那個滿臉通紅、汗珠布滿的小亭。

王教授終於五音不全地唱完了他的〈天天天藍〉，踉踉蹌蹌地鞠躬下台，最近他喝酒，總是好像心事重重似地，不再像以前那麼明快開朗。他和楊凡是預官的同期同室的戰友，那時候軍官大樓的所有預備軍官都在讀英文，考托福，預備脫下軍服就到美國去，只有王林每天在通校晃來晃去，像個沒事人的樣子，晚上不是溜出去泡彈子房的計分小姐，就是躲到老士官家中打麻將，到第二天天亮早點名之前，再爬牆回隊上洗臉刷牙。楊凡問他服完兵役以後幹什麼，他說要到日本去學禪，可是楊凡又從來沒看他用心地讀什麼日文。楊凡和他的交情是一槍打出來的，那天他們軍官隊例行出操打靶，楊凡和王林同組，王林拿到步槍，臥倒，在班長還在說明射擊須知的時候，他就「砰」地開出了第一槍，差點擊殺了槍靶子旁邊一隻老百姓耕田的水牛。楊凡被他連累，他們那組被罰站，直到別組打完靶，他們兩個頭戴鋼盔，手舉步槍，全副武裝地在烈日下聊了一個下午，從此成爲好友。雖然楊凡讀的是經濟，王林讀的是中國文學。

王林把手中的歌本推到老馬的面前：

位上：

——老馬，該你唱了。

——我？我哪會唱你們那些又是風又是雨的歌？要我唱，可以，我清唱〈打漁殺家〉。

老馬又把半杯生啤酒灌進喉嚨，站起身就要上台唱平劇，王林一把拉住他，把他按回座位上：

——老馬，都這把年紀了，還打什麼漁，殺什麼家？

王林又把歌本推到郁青前面：

——郁青，在座妳最小，妳唱！

郁青，東大經濟研究所的研究生，四年前王林到東大客座的時候，郁青旁聽過王林一年現代文學的課。她接過王林傳過來的歌本，雙手按在厚厚的歌本上，朝著坐在對面西裝領帶、衣冠楚楚的方正和方正身邊的妻子，似笑非笑地偏著頭說：

——老師和師母的面前，學生怎敢放肆？

東大經研所所長方正，攤手做了一個「請」的姿勢說：

——哦，不不，請不要這麼說，在課堂上是老師學生，在酒桌上都是朋友，妳請隨便唱妳喜歡的歌。

方正旁邊的吳元，也用含蓄的微笑，點頭鼓勵郁青唱歌。

砰通——老馬這回不是以酒杯擊桌，而是自己的頭，他醉倒了，口吐白沫地爬伏在桌上睡了起來。

郁青取下腕上的一條紅色橡皮筋，很俐落地雙手將長髮往後一攏，三轉兩轉，就把一頭及肩的長髮紮成了一個馬尾的髮型，然後取出點唱單，拿起原子筆，忽然她又停住，把原子筆的一頭咬在口中，對著方正又像對著王林說：

——唱什麼都可以嗎？方老師。

——哦，當然當然，只要妳喜歡。

郁青在點唱單上，迅速地記下「F.H.212　情人」幾個字，把單子交給侍者，擰熄了尚未吸完的半截菸，起身走向前台……。

2　青柳

你說不能去學校找你
你說不能去你家旁邊商店買東西
我們還是在約定的旅館見面
又在旅館分離

我該向你說聲「對不起」
星期天我還是忍不住要去看看你
我開車經過你家前
見你正在整理你家的青草地
我看到兩個孩子在院子中玩球
我看到門口站著穿白衣的你的妻

我爲什麼不能狠下心奪了你
我爲什麼要管有人是不是會哭泣
唉，那怕就只那麼一次也好
讓我和你手挽著手
在眾人來往的大街上散一次步

台上的郁青穿著一件淺粉紅的長袖襯衫和一條藍中泛白的牛仔褲，腳上是一雙白色的涼鞋。王林奇怪自己教了她一年的課，雖然也注意到她喜歡穿牛仔裝，卻沒有注意到站起來的郁青有這麼好看而修長的身材。以前在課堂上課的時候，郁青老是坐在最後靠門口的固定的位子上，偏斜著頭，口中咬著原子筆似笑非笑地看著台上講得一頭汗水的他，每當視線相撞，躲開的老是王林，他覺得這個狡黠而充滿青春野氣的女孩好像沒有理由來聽他的課，他甚至覺得這個經濟系的女學生不是來上課，是像看猴戲一般的心情來消遣他。

在郁青的歌唱到一半的時候，方正起身，對身旁的妻子說：

——對不起，我去洗手間一下，啤酒喝多了，總是這樣的，真該陪妳喝紹興才對。

他拍了拍吳元的肩膀又說：

——我馬上就回來，元元，妳放心，我沒事兒的。

吳元溫文地笑了笑，以目光直送方正到轉角。吳元和方正在同一個大學教書，她教的是西洋文學，自己也寫童話和新詩，她的童話和她的新詩和她的整個人一樣，清純高雅。她和方正是多年來被許多人羨慕的一對璧人。在她穿著的有領有袖的黑上衣上沒有任何的裝飾品，只在張開的領口底下，隱約可以看到一條米白色的眞珠項鍊，耳環也是和項鍊同樣的兩顆米白的眞珠，長裙也是那種眞珠的米白。她端起面前的酒舉向楊凡。

——楊凡，敬你，祝你一帆風順。

——不，該敬酒的是我，我該敬妳和妳的方主任。

在吳元一口乾掉那杯花雕的同時，楊凡也舉杯喝乾了他的白蘭地。

方正從洗手間出來的時候，郁青已經在唱那首「情人」的第二段：

你說不能寫信給你
你說也不能打電話給你
我們還是在約定的旅館見面
又在旅館分別

我該向你說聲「對不起」
實在不該在你像嬰兒熟睡的時候
偷看你口袋中的電話簿
我在上面找到了我自己的電話
你在我電話號碼的前面
卻寫著一個男人的假名字

我爲什麼不能狠下心奪了你
我爲什麼要管有人是不是會哭泣
唉，哪怕就只那麼一次也好
讓我在風起雲湧的時候

吳元接過侍者送過來的熱手巾，小心地撕開毛巾的塑膠套，把毛巾展開，雙手遞給方正：

——郁青歌唱得眞好，讀經濟，實在是太埋沒她了。

方正不置可否地回了聲「是嗎？」之後，就端起面前酒杯向楊凡：

——楊凡，孩子的事就全看你了。

楊凡想起昨天晚上方正託他想辦法把方子平弄到美國去當小留學生的事，他搞不懂方正和吳元何以捨得讓一個不到十歲的小孩一個人千山萬水地遠渡重洋。方正所說的理由卻很堂皇，一是爲了讓孩子免除台灣的升學壓力，另外是爲了讓方子平「在合理的環境中合理地做人」。楊凡只覺得老同學方正所舉的理由雖然表面上堂皇，其實卻是很不通的。如果說升學的壓力，你我不都是同在這種壓力之下從小學中學而到台大的嗎？如今的九年教育的確是減少了許多孩子的升學壓力，結果是國中畢業的學生連二十六個英文字母也背不全，連封簡單的中文信也寫不通，想到這點，楊凡毋寧是有些感謝他當年所受的那些惡補的教育。至於「合理地做人」，難道幾十萬的台灣學童，不到外國去當小留學生就不能「合理地做人」嗎？而那些飲酒吸大麻，書包中帶著手槍去學校開槍打老師的美國青少年，就是在「合理的環境中合理地做人」了嗎？王林曾經和他談過，日本的政治和社會上並不像台灣那樣重視留學生，他們認爲留美的學生懂的是美國而不是日本，所以他們的政府官僚幾乎是清一色的東京大學的傳統，不像東南亞的其他國家，政府的官員幾乎全是留美學生的哈佛同學會。楊凡曾把王林的看法暗示給方正，方正卻不以爲然而又風度頗好地說：

——他們留日的因爲受不到政府的重視而妒忌我們留美的這批人，其心情也是可以瞭解的。什麼時代了，王林還故步自封地抱著狹隘的民族主義的傳統包袱不放，楊凡，你知道，民族主義的思想只是另一種現代的義和團主義罷了，我們之所以到今天還不行，就是像王林這樣的義和團分子太多，阻礙了我們「全盤西化」向美國認同的方針和政策。唉，話說回來，像王林也是夠可憐的了，在日本混了那麼多年，卻依然爲了一個民族的觀念包袱而不肯「歸化」日本，至今還是捧著一本台灣的護照到處吃癟。哦，對了，楊凡，如果你那邊能在明年秋季前辦好子平的移民手續，我就明年暑假送他過去，正好我的綠卡也快到期了。還有，你最好能給我弄個學會開會的邀請信函，免得我出國惹得所裡那些無聊人說閒話……。

楊凡不置可否地對著方正乾完了自己的白蘭地，像是承諾了老同學的「託孤」請求，但又心裡暗自著急，如果自己家庭中突然再多出一個黃種孩子，不知道愛倫會說出什麼樣的難聽話語。愛倫，一向討厭黃種的東方。

郁青一面拿著手帕擦臉上的汗，一面朝著方正說：

——方老師，為什麼我一上台唱歌，你就躲了起來？我唱的那首歌，真的那麼難聽嗎？

（你是怕聽到這支歌是不是？哼，我偏要唱，偏要你聽。）

——哦，不不，妳唱得好極了，來，敬妳，為妳的音樂天賦，我倒是第一次聽妳唱歌。

——老師躲到洗手間，也聽到我唱的歌嗎？

（少裝蒜，什麼「第一次」，我哪次約會不是唱歌給你聽……）

——我看老師還是別喝了，省得師母看了心疼。

（我看你還是省省吧！今天下午的那「兩次」，已經夠你回去躺一個禮拜的了。）

——怎麼會？他喝酒我是從不過問的，而且也管不了。倒是郁小姐，妳的歌確實唱得好。

吳元一面輕輕地搖著一把檀香扇子，一面說。

——不敢當，師母您過獎了，師母今天戴的這串項鍊真漂亮。

（哼，管不了？妳當然管不了他，妳不但管不了他喝酒，妳也管不了他帶女學生上旅館。）

——喔？那是方先生今年去義大利開學會時帶回來的，他說是愛琴海的眞珠。

——啊！「愛情海」！多麼詩意又浪漫的名字，我讀地理，只記得什麼黑海死海，不知道「愛情海」在哪裡。

（好啊！你從義大利回來，送給我的是一些風景明信片和一個小小的小錢包，你說錢花光了，每天只能吃菠菜麵，原來你是省下錢給你老婆買眞珠去了。）

郁青一把抓下了頭上馬尾上的橡皮筋，輕輕地左右甩動了一下披落而下的長髮，咬了一下嘴唇，忽然又出奇文靜地對方正說：

——老師，您的領帶打歪了。

——哦？是嗎？

方正很快地舉手調整了一下自己的領帶，那是一條深藍底色，上有白色履蟲圖案的領帶。

——老師的領帶也是義大利「愛情海」買的嗎？

（看你怎麼說？）

——哦，不不，是夏威夷。

——是師母給老師選的嗎？師母的眼光眞高，這領帶有水準。

——哦，不不，不是，是……是夏威夷的市長請我們吃飯時送的紀念禮物。

——喔！夏威夷市長？

（市長送的？見你的大頭鬼，我什麼時候變成夏威夷市長了？吃飯送領帶的是報館而不是夏威夷市政府，老兄，你有沒搞錯啊？你要不要我對你老婆說一個「領帶的童話」？我倒是眞的吃了一個星期的生力麵才省下獎學金去委託行，買下這條領帶給你做生日禮物。您忘了你淋浴以後，全身赤裸，卻在脖子上被我套上這條領帶的滑稽相？你忘了我說這領帶上的履蟲是夏威夷土著民的TABOO，如果你愛我，履蟲就保佑你平安，如果你變了心，只要我念個咒語，履蟲就會鑽進你的胸膛去咬你的心，你到底是眞忘了，還是和我裝迷糊？）

——老師，您這麼西裝筆挺地正襟危坐，不覺得怪熱的嗎？你看，大家都熱得冒汗呢？

——哦，不不，還好，還好。

——可是我覺得快昏過去了。

（你少正經八百地在你老婆面前裝模作樣，你就是再穿上大衣，披了棉襖，我也清楚你身上的每一顆痣。你不覺得熱？是因爲你的汗早已經都滴到我身上來了，我就是喜歡你突然停住的那一刹那，然後看著你的額頭汗水逐漸透出，凝結成珠，一滴一滴的滴到我的胸上。我告訴你，我眞的快昏過去了，不是熱，而是受不了，受不了你對你老婆那麼小心翼翼的體貼，受不了你的風度，而你，只會抓我、捏我、咬我，然後像一堆爛泥巴一樣伏在我身上呼呼睡去，你什麼時候疼惜過我？下午被你咬的地方至今還在隱隱作痛，而你，你卻像個沒事兒人一樣風度翩翩的帶著你美麗的妻子出來喝酒應酬，哼，假仙，僞君子……。）

郁青轉過眼去看吳元耳上的眞珠耳環，她看到吳元左耳下方的頸子上有一塊不顯眼的紅色痕記，那塊紅痕，使她想起方正，方正老是喜歡吻她的耳朵，然後在耳下留下輕輕的吻痕。

——師母，妳的耳根下有塊胎記是不是？紅得像一朵小花。

吳元卻淺淺地笑了笑，若無其事地說：

——哦，不是胎記，是被蚊子咬的。

在吳元說話的時候，楊凡一口吞下杯中的白蘭地，郁青兩眼看著方正，卻是對吳元說：

——師母可得小心喲，最近台北的蚊子壞死了，專會咬人家的耳朵。

郁青說著，又遞過自己的手帕給吳元：

——師母，您臉上都是汗，要不要擦擦？

（如果妳以爲我眞的是在關心妳，妳可就是頭號的笨蛋了。）

——啊，謝謝妳，郁小姐，不用了。

郁青也朝吳元笑了笑，點了點頭，然後攤開手帕，擦自己臉上的汗……。

（料妳也不敢擦，一個像妳們這種年紀的老女人，手帕朝化了妝的臉上一抹，包妳面目全非。妳高貴，妳漂亮，妳有學問，妳神氣些什麼？我什麼都不如妳，但是我年輕，青春就是我最大的資本，我就偏敢在眾人面前擦臉給妳看，我不用像妳一樣地化妝，不用像妳一樣戰戰兢兢地捧著自己的假面……。）

鄰桌傳來王林的笑聲，不知在什麼時候，王林帶著他的酒和酒杯，攪和到那邊桌去了，楊凡看到老編穆沙也在，其他的那些人，大部分楊凡也都在酒桌上打過照面，都是王林平常來往的朋友。兩個猜拳作殊死戰的是詹教授和張教授。單手捏啤酒瓶蓋的是寧教授，每當他神氣自信十足地攤開手掌丟出一個被捏扁的瓶蓋，就有目瞪口呆的日本人連喝兩杯酒。那個手拿鐵杖，神情落寞似有所思的英俊中年男子，是詩人歐安，歐安身旁的笑聲特別響亮的紅衣女子，大概就是穆沙在刊物上力捧的文壇新銳司馬文娟了。

那兩個日本人楊凡不認識，但是看他們身穿藍衣白長褲白皮鞋，以及那頭燙得鬈曲的頭髮，加上那種拘謹而又放肆的表情，任何人一看就知道是東洋人。王林和那兩個東洋人嘰哩咕嚕地說日文，那兩個東洋人只是不斷「害——害——」地向著桌子鞠躬。

台上，一個上唇沒毛，下巴卻留著一把山羊鬍子的藝術家正對著麥克風清唱：

人生就像這麼一杯酒

帶著創傷和痛苦

……

3 陽關

楊凡自己卻覺得吃驚，今晚他一個人喝完了方正帶來的一整瓶拿破崙白蘭地，居然越喝越醒，越喝越冷而毫無醉意。整個晚上他不是斜著頭吸菸就是低著頭喝酒，不然就是把眼睛轉在台上或王林鬧酒的另一桌子上。他知道自己冷也知道自己怕，他怕他的眼光和坐在對面的吳元相遇，他既怕在吳元的眼睛中找到自己，又怕在吳元的眼睛中找不到自己。

他對吳元的那對變幻莫測的貓眼太熟悉，有時候他感覺到吳元用她那雙眼睛愛撫他，使他有種好像赤身站在人群之中的靦腆。有時候他感覺到吳元在用她的眼睛狡黠地作弄他，使他手足無措，像隻被貓捕獲的老鼠。而有時候，他在吳元的眼睛中，看到的卻是一種千年積沉的空漠，好像他和她只是不曾相識、擦身而過的陌路人。

或許只有他自己知道，也或許吳元也知道，他這些年來開會、講學、評審，來來往往於台北和紐約之間到底是爲了什麼？他在紐約做事的機關，每年給他們一個月的假期和全家來回的機票，讓他們回國度假，而他覺得荒謬的是他早已經是美國的公民了，爲什麼這個機關還要讓他回來度假，他的國家是美國，爲什麼美國老闆卻不把他當做自己的同胞而還要逼他每年回到台北來？他幾次向他的上司抗議，而那個藍眼黃鬚的上司總是每次對他說同樣的話：

——啊歐——傑克，你當然是「我們」美國人，但你總是個「中國人」對不對？如果你不想回台北，你也可以選擇到「那邊」去看看，反正一個月很快也就過去了，爲了提高工作的效力，我很抱歉我們必須強力實行這樣的休假制度……。

那年，他眞的到「那邊」去了，到處都是穿著同樣衣服戴著同樣帽子甚至連表情也一樣的人群，擠身在來來往往的自行車隊之間，他只覺得一種強烈的寂寞，他在那片廣大的土地上旅行，對他來說無異於一種被放逐的流浪。他到處看到的是一個官僚腐化的上層和一群貪婪自私的下層，他回美國之後把他在那邊的見聞和感想寫下來寄給了穆沙，從此他就成了報上的愛國學人。第二年，他接到了要他出席國建會的邀請信函。而他自己卻很清楚地知道，他之所以寫那些批評那邊的文章，眞正的原因是他去了以後沒有受到部長級以上人物的接見，他不能像那些早出發的朋友一樣，帶著和要人握手的相片回去讓他們的洋老闆稱讚。

台灣是他成長、讀書、初戀以及失戀的地方，他在每年的進進出出之中看到台北不同的變化，他在中山北路的舊家附近，再找不到童年走過的牛車小道，再看不到那片綠色的稻田和田間的流螢，他寧願中山北路保持著當年的稻田和牛車，保存著他住過的日式木屋和滿院子的流蘇，讓他每年回來做短期的懷古，尋找短期的鄉愁。可是台北和台北的人卻不管這些，他們努力地把台北推向一個現代的都市，走在高廈林立、滿街都是車子的台北，他不知道自己應該感到快樂或是悲哀。台北的現代化似乎傷了他做爲一個美國華人的自尊，他一直覺得台北必須等他們這些美國專家回來指導才能走上現代化的，而他還沒有想好可以爲台北做些什麼的時候，台北卻自己快速地發展起來了，於是他有時候故意地去找台北的髒台北的亂，故意去發掘活在現代都市中的一些台北人的傳統和落伍的思想，在看了許多台北的缺點以後，他才能自我安慰地說：「還好，我不是歸人，我只是過客。」

尤其使他受不了的是台北人的生活，居然過得比他在紐約的生活還要好，林立街頭的不同的館子就像街頭不同的女人，燕瘦環肥，似乎應有盡有。以前他常寫信給日本的王林，批評台北像個暴發戶，有錢但是庸俗。王林回信卻說：「即使是庸俗的暴發戶，也比沒有褲子穿的窮乞丐要好得多。」但他今年回來，卻發現這個暴發戶也逐漸風雅起來了，品味也似乎一下子提高了許多。前些年每次他回來，人們把他當做取經回來的和尚似地供奉他，現在他來，人們還是供奉他，卻不再那麼關心他取回的經，只是同情他沿途的風霜和寂寞，使他覺得，台北已經逐漸有了自己的經了。

從一個端盤子洗碗的公費留學生，到保釣運動激烈前進的學生領袖，再到今天高收入的機關副主管，十多年的歲月，帶給他的是一張博士證書和一本美國的護照，一個漸圓漸鼓的中年肚子和一個快禿光了的頭頂。自己就像在固定的鐵軌上行馳的列車，由不得自己要不要靠站或是停車。

十多年來，和原來一同出國的馬來西亞僑生小玉離了婚，又和現在的愛倫結了婚，每次回台灣都是一次和愛倫的作戰，愛倫總是說：「我不是黃臉，我沒有義務去台灣看那些黃臉中國人。」「黃臉」的名詞常使他的自尊心受傷，而他和愛倫之間生的孩子，又偏偏不像那些可愛的混血娃娃，仍然固執地遺傳自己黑髮和扁鼻子的東方傳統。

那年吳元申請到一筆研究費用到哈佛進修一年，因爲方正是他大學四年的同學又兼同宿舍的室友，所以照顧吳元也就成了義不容辭的責任。當他在長廊上初見她的時候，他的心頭一緊，眼睛一亮，他覺得自己在美國多年來的辛苦和努力，好像只是爲了等待吳元走到這個長廊來。整整的一年，他和吳元像是廢耕的牛郎和忘織的織女，沉溺在心靈的溝通和肉體的歡悅之中。他以爲吳元也會像其他來美的台灣學者一樣，千方百計地設法留下來，沒想到一年期滿，吳元卻收拾行李，堅持要回台灣。他爲她分析台灣的政治經濟、社會和文化的種種，要她留下來，而吳元卻只是安靜地聽完了他的數字和分析以後，用手理了一下額前的短髮說：

——你說的我都懂，我也很感謝你的好意，方正不希望我回去我也知道，因爲他正準備再回這邊來。可是不管怎麼樣，我還是決定回台灣去，我回去，並不需要像你們海外學人一樣找些冠冕堂皇的藉口和理由來支持自己，我沒有，我只是回到我原來的地方去而已。對我來說，台灣像是我自己的一個親人，如果我有個博士姊姊，我固然面子上光彩，但如果我姊姊是個工廠的女工，我想她還是我的姊姊……

當年他不懂吳元何以有機會留在美國而卻堅持回台灣，現在他又不懂方正何以那麼千方百計地要把兒子送到美國去，甚至昨天，當方正的兒子站在客廳向他鞠躬，叫他「楊叔叔」的時候，他也覺得一切都正常得有些荒謬，他實在不想懂的是，何以這些年來吳元在信上和電話中口口聲聲愛他，而又和方正生了孩子。

吳元回台灣前，他們開車去看一個莫斯科的馬戲團表演，當那個走鋼絲的青年走完那段五十公尺長的鋼繩的時候，他看到吳元滿眼滿臉都是淚，她一面擦著淚一面說：

——是我以前讀過的一句話，他說婚外的感情「就像踏上了無盡頭的鋼絲，你時時刻刻會爲自己暫時沒摔下去而愉快，又時時刻刻爲自己馬上會摔下去而恐慌」……。

吳元走了以後，多年來他始終做著一個同樣的夢，夢見自己站在懸在兩個山峰之間的一條鋼絲上，腳底下是一片驚濤裂岸的海，他的褲管和衣袖中滿是飄飄作響的風，他雙手握著平衡棒，站在鋼絲上顫抖……。

吳元走了以後，他才那麼清楚地知道自己的生命裡已經不能沒有她，他才清楚地知道他所追尋的美國的一切，都可以爲吳元放棄，他明白了，明白自己多年來所建立的，只不過全是瀚海中的一握流沙。

——啊！也是很久很久以前的故事了。

——楊凡終於醒過來了。

——我是睡了嗎？

——是呀，你那麼久不說話，不喝酒，只是閉著眼睛，不是睡著了嗎？

——也許呀！

——楊老師，你要不要抽一根我的薄荷菸，這種菸清涼可口，可以提神醒酒，只是有人說男人最好少抽，你怕不怕？

郁青把一根菸遞給楊凡，又從手提包中掏出打火機爲楊凡點菸，楊凡突然一愣，視線停在郁青手中那個仿古的青銅打火機上。他下意識地摸了一下自己的口袋，發覺自己的打火機依然在口袋中，他的眼睛轉向吳元，吳元也正注視著郁青手中的那個打火機。

楊凡口袋中有一個和郁青一模一樣的打火機，那是前不久和吳元去的那家賓館送給客人做開幕紀念的禮物。他望著郁青，深深地吐了一口煙，沒說什麼，只是笑了一笑。而郁青點完菸後，還在一開一合地把玩著手中的打火機，似笑非笑地斜著頭看看方正，又看看吳元。

台上唱歌的又是那個上唇沒毛而下巴卻留著山羊鬍子的藝術家。

明知道愛情像流水

管他去愛誰

……

4 語荷

王林終於「遠征」回來，他去鄰桌的時候只帶著半瓶啤酒和一個酒杯，卻拎著兩瓶花雕回來，說是那邊詹老大回敬的。他不管別人面前是什麼杯子一律倒滿了花雕，舉杯說：

——楊凡，來去匆匆，可惜你明天就走了。

——你呢？

——我等開學前再回去，我是一開學就回去「上班」，一「下班」就回台北，反正很近，只要兩個小時的機程。你下次什麼時候再回來？

——不知道，眞的不知道。

——老友相聚不易，夜正年輕，大家何不換個地方再喝一杯？方主任，你說呢？

——哦，不敢不敢，我是無所謂的，如果在座的兩位女士小姐同意的話。

——郁青，妳說！

——我隨便，大家聚就聚，大家散就散。

——方夫人？

——楊凡，你是今天的主客，你還能嗎？你還要嗎？一切由你決定吧！

——我看，還是散了的好。

楊凡也看著吳元，似有所思地說，吳元咬了一下嘴唇，又淺淺地笑了一下說：

——好，聽你的，你說散……就散。

方正起身，接過侍者端來的帳單，在上頭簽了字，然後輕輕地要拍醒老馬，老馬在方正的手掌還沒有落在肩上之前，突然抬起了頭，眼中仍是滿布血絲，老馬也不知道是在對著誰，只沒頭沒腦地冒了一句：

——完了嗎？

楊凡起身，立正、舉手，向老馬行了一個軍禮：

——報告連長，宴會到此結束，完了。

——完了就各走各的，還賴著幹什麼？

老馬站起來一口喝掉滿杯的溫茶，拉著王林就走，也不知道他們兩個是眞的回家或是又換個地方去喝酒。

方正把車子開到門口，下了車，轉到另邊的車門，爲吳元開了門，吳元在上車前，對楊凡說：

——楊凡，這麼說明天我就不送你了，代我向愛倫問好，我送給她一個小禮物，方正明天會交給你，希望愛倫會喜歡。你，你也自己多保重，能回來就回來，但也不必太勉強。

吳元忽然又回過頭來對郁青笑了笑：

——郁小姐，雜牌菸最好少抽，你知道，吸太多的菸，對身體是不好的。

馬路上只留下郁青和楊凡，郁青又遞給楊凡一根菸，爲他上火，自己也點燃了一根。

——楊老師，你去哪兒？

楊凡呆呆地望著方正車子離去的前方，長長地嘆了一口氣說：

——不知道，眞的不知道。

郁青把只吸了兩口的菸丟到地上，用鞋子狠狠地踩熄，左右甩了一下披肩的長髮，上前一把挽住楊凡的手臂：

——那麼你跟我走，我帶你到植物園看荷花去。

原刊於一九八六年十月二——三日，《聯合報》副刊

選入《1986 台灣小說選》，前衛

月狐

1 水無月・友引

經過了四十多天的日夜奔馳，我終於回到了故鄉科爾沁草原的聊山。你知道，我們胡姓宗親遍布世界各地，每年的八月月圓，我們推選代表趕回我們的祖山來拜會我們的宗長和親族。

有交通工具的文明社會，我會利用飛機或輪船以及其他交通工具。而在沒有交通工具的時候，我就得恢復我的原形，拖著長長的尾巴在夜晚奔馳於草原上和村落間。我喜歡在暗夜的月下恢復我的狐身，自由地跳躍飛舞。我已經在人類的社會中滾翻了多年，可是我仍然不喜歡自己所幻化的人身，雖然衣冠楚楚，擁有各種不同的身分，不同的菸斗和不同的護照。

在西伯利亞的上空，空中小姐忙著招呼我們用餐。她對每一個客人都問著同樣的問題：

先生，請問您是用牛排還是豬排？

然後回頭告訴她身後的同事說：

這位先生是豬，那位先生是牛。

偶爾拿錯了的時候，她也會笑容滿面地更正：

哦，不，他不是牛，他是豬。

明眸皓齒的空中小姐站在我的面前，我注意到她的皓齒間有一顆小小尖銳的虎牙以及她左頰上的酒窩。憑著我異於人類的一種直覺，我覺得她可能是我的族類，只有我們族類所幻化的女子，才會這樣清純而又媚麗，像是火中的雪，也像是雪中的火。我一方面爲在這個飛機上能夠遇見自己的同胞而高興；一方面又生怕自己看走了眼而出任何的差錯。因爲當她問我是豬還是牛的時候，我說：

請給我雞！

她似乎因爲我突兀的要求而愣了一下，但她的眸子瞬間即恢復了原有的柔媚：

——我們會盡我們所有的力量滿足每位客人的要求，請您等一下，讓我問問我們的班長。

她果然爲我端來了一盤雞肉，是蘇聯式的炸雞。這些年來，我吃遍了世界各地的雞，可是我仍然習慣不了那些人類所嗜好的香料，我不懂現代人類何以千方百計地把原來美味的食物改變得那麼難吃？千篇一律地難以下嚥。長期以來我雖然手拿刀叉坐在餐廳吃著各色各樣的雞，而我一直懷念的卻是小時候在古老的農村，月夜之下我們躍入雞棚撲奪而來的美味。哦，我的兄弟胡朋，那年我帶著他在草原上追逐野兔和撲奪村落間人們飼養的雞。我一再告訴他不要慌張，要鎮定，看準了目標以後要伏在地上靜止不動，等呼吸完全靜止的時候再一躍而起，一定要咬住對方的喉嚨，不能讓牠發出任何的聲音來……

弟弟畢竟太年輕了些，當我們伏在地上靜數呼吸，還沒到三十的時候他已飛躍而起，結果沒有咬準喉嚨，當我們啣著口中的獵物正要回身的時候，弟弟口中的那隻雞發出了死前掙扎的哀鳴。於是眾雞群起而鳴，看守雞舍的狼狗追了出來，咬傷了弟弟的左腳，使得弟弟終生成了殘障。

——打死他，打給他死，打死跛腳的阿山……

一群天眞無邪的兒童嚷嚷著圍在弟弟的四周。他們用樹枝也用石頭，用拳頭也用腳踢打抱著書包、血流滿面的弟弟。那是弟弟上鄉間小學的第一天，他們發現弟弟不會講他們的語言以及腳上穿的鞋子。那時候鄉間小學的學生是不穿鞋子，書包也是一個草編的夾籃，於是弟弟的鞋子和書包成了他們取笑的對象，而弟弟口中說出的另一種他們聽不懂的語言，使他成了眾小孩征討的異類。我們原來就是不同於人類的異類，而在人類的群體間，我們依然是異類之中的異類。

——先生，您是來點紅酒還是白酒？

眼前又是皓齒的虎牙和微笑的酒窩，兩手各拿著紅白的葡萄酒。我凝視著她的眸子，可是卻找不到任何的答案。她仍然帶著職業性的笑容站在我座位旁邊等著我的選擇。

——紅酒。

——哦，對不起，紅酒快完了，請等一下，我再爲您拿過一杯來。

——那就不用麻煩了，白酒也行。

——哦，不，不，您的滿意是我們的責任。相逢自是有緣，花航以您爲榮。馬上就來。

她端來了一杯嫣紅的酒，閃著明亮的眼睛對我說：

——希望您會喜歡我特別爲您調製的這杯酒。

說完她直起腰身，繼續招呼後面的乘客。我輕輕地舉杯啜了一口手中的酒。啊！我懂了，我已找到了答案。我確定了她是我的同族；而她也早已看出了我是誰。

她給我的是一杯嫣紅的鮮血。

2 葉月・先負

從相遇的那一剎那，我們彼此都知道相離也是必然的。我們相知相惜，相悅相親，只因爲妳我同是人類社會之中的兩個異類嗎？

窗前的九重葛依然是那片濃濃的墨綠，幾朵豔紅的小花綻放而終歸凋零。床單上依然留著昨夜妳斑紅的點點血痕，爲什麼妳竟把多年的堅持和守護，如此信任地全部交付給我？

長期以來，我們已經習慣了人類的語言、文字以及他們的思維方式。我們用人類的方式交談、吃飯以及做愛。而只有妳我知道，我們是人面獸心的異類。我們是人類社會之中互相尋找互相追逐的兩隻野獸。我們從來沒有輕視過人類，甚至寧願改變自己原來的形體去幻化成人類的樣子。經年累月的春夏和秋冬，在每個月圓的時候，我們在荒郊的墳場，頭上頂著墳中挖掘出來的骷髏對著月亮膜拜，我們把自己的靈魂化成飛舞於墳間的綠火，爲的是尋找一具新死的人體接納我們，借著他們的屍體讓我們還魂化人。

可是，胡青，最近我很懷疑，我們這麼辛苦地化爲人類是値得的嗎？做了這麼多年的人類，妳覺得快樂嗎？

爲什麼人類對於他們之外的異類所持的態度是那麼輕視和仇恨呢？爲什麼他們老以爲自己是萬物之靈而有權支配別的生命的生殺呢？他們喜歡說「我們只有一個地球」，地球是他們所獨有的嗎？而當我們所有人類以外的生物，都在人類的迫害之下絕滅了的時候，地球對他們的意義又是什麼？

人類把我們的聰明智慧稱爲狡猾。把我們族類的秀美稱爲狐媚。把我們的深思遠慮稱爲狐疑。把他們自己身上所發出的惡臭稱爲狐臭……這些言辭上的侮辱也就罷了，他們還利用我們的生命來點綴自己的虛榮，每一件穿在他們身上的大衣，都是我們族類的好多條生命。他們把我們的孩子，連頭帶尾地掛在自己的脖子上。

——記住我胸上的這顆紅痣，小白胸上也有，我在左，她在右，你一定要找到她，在這世界上，她是我唯一的掛念和歉疚……

妳胸上的那顆有如晶瑩紅豆般的紅痣使我想起在飛機上妳為我特別調製的那杯紅酒。胡青，是什麼原因使妳看出了我的本相？當我淺嘗著那杯鮮血，我想妳眞夠大膽，如果萬一我是眞正的人類，那麼一個空中小姐遞給客人一杯鮮血將會是一個怎樣的局面？

——一個軍官看上了我的母親，派了幾個便衣半夜抓走了父親，加上了一個「匪諜」的罪名把父親關進了外島監獄。母親走投無路，只好去求助於軍官，軍官姦汙了母親之後，寫了一封營救父親的信交給母親。母親帶著軍官的營救信直奔外島，而軍官卻在母親走後，立即打了電話到外島監獄，要他們在母親趕到之前立刻處決了父親。母親從外島回來，帶回來的是父親的一縷頭髮和一個盛著骨灰的瓦罐……

——軍官呢？

——被他的上司以匪諜罪名槍斃了……母親為了復仇，用她的美麗蠱惑引誘了軍官的上司。當將軍向母親求婚的時候，母親所提出的唯一條件就是以「匪諜」的罪名處決軍官。反正那個時代人人都有被戴上匪諜帽子的可能，每個廟裡都是充滿了冤枉委屈而死的鬼魂……。

——妳的母親？

——母親並沒有眞的嫁給將軍，她帶著父親的頭髮和骨灰走了。她說雪山有蓮可以還魂，她要深入雪山為父親尋找還魂的雪蓮，如果父親不能還魂，母親將終生不再重返紅塵。

母親臨走，流著淚對我說：「小青，也許我們就緣盡於此了，塵世間妳唯一的親人就只剩小白了，好好照顧小白……」而我，卻和小白走散了，我對不起小白，也對不起母親……。

當妳對我訴說這些往事的時候，妳的聲音是那麼地平和柔靜，無悲無喜，好像是一個與妳無關的故事。妳望著窗前的九重葛，一面吸著紙菸，一面無意識地理著妳那烏黑中帶著深褐色的長髮。我聞到妳的髮上有一股奇異的香氣，那是只有我們族類才有的一種荷花的味道。悲哀的極限是凝聚靜止的空寂，思念的盡頭是凝聚靜止的遺忘。胡青，妳說每月月圓，不管妳身在何處，妳會恢復原來的狐身，焚香對月，只爲了妳在月中看到妳母親的影子，當妳在月下嗚嗚然地唱著母親教妳的兒歌，妳說妳好像看見母親衣袂飄飄地緩緩從月中飛下……。

雞鳴之後，我們又將各自回到人間，繼續扮演我們的人類角色。妳往西飛，我向東走，誰也不能預料還會不會再度相遇再度重疊。月圓月缺，不管我們是悲哀還是欣喜，不管我們是期待或是恐懼，依然是月圓月缺的永劫與回歸。

妳梳洗完畢，穿好了衣服，開始對著鏡子化妝，鏡中的妳，清純穆素，一如姑射山上不食人間煙火的神子。妳起身向我，對著我抿嘴淺笑，我看到妳頰上的酒渦和齒間的虎牙……。

——你答應我要找到小白的。可是你怎麼去找呢？你又怎麼能碰到每個女子都解開她的衣服，看看她胸上有沒有一顆紅痣呢？

是啊！胡青，我怎麼辦？

3 長月・大安

在一個市郊的民意代表的新村宿舍，我找到了胡三太爺。使我驚奇的是胡三太爺眞的老了，而在我的印象中胡三太爺是永遠不會老的。印象中的胡三太爺一直是一頭烏黑而自然鬈曲的長髮，一雙炯炯令人不敢直視的深褐色眼珠，一身白絲袍子和那把永不離手的鐵扇。眼前的這個禿頭缺牙，步履蹣跚的肥胖老人，就是當年北方五省聞名喪膽的鐵扇子胡三嗎？胡三太爺的白布袍子上沾滿茶漬，手中的紙扇也有多處破損，只有那鐵製的扇骨子，依然堅挺烏黑。

倒是胡三奶奶，滿頭白髮如銀，慈眉善目，依然有如神殿上莊嚴獨坐的菩薩。他們最鍾愛的小孫女胡媚，新筍已成堂下之竹，當年的黃毛丫頭，如今卻出奇地明潔媚麗。她是國立名門大學國文研究所的高材生，正在跟小說權威張小春教授寫《聊齋志異》的論文。

大概是剛才晚飯的時候胡三太爺多喝了一點酒。不然就是因爲我們多年不見，久別重逢的喜悅。胡三太爺的話顯得特別多。

——哼！他們也不想想，要是沒有我們這些資深代表犧牲奉獻，哪會有今天的安康樂業？當年他們拚命地往這裡送金磚金碗，現在卻回過頭來，翻臉不認人，要我們這些資深代表退休，說什麼我們是阻礙民主和進步的老賊……

——可是三太爺，冬天不去，春天不來，新陳代謝，交替轉移似乎也是自然而且必然的現象。

我的話好像激怒了胡三太爺。他「啪——」的一聲合起了紙扇，舉起烏黑油亮的扇骨指著我，提高了聲音說：

——必然？你說我們這些老人下台是「自然而且必然」？虧你還留過學，喝過洋水，難道你忘了「國無老臣，國何以國，家無老人，家何以家」的古訓？一日革命，終身革命，況且現在革命尚未成功，正是我們仍須努力的時候，你卻說下台是「必然」，像話嗎？

——三太爺，您誤會我的意思了，我只是想說「長江後浪推前浪」是一種不可避免的事實罷了。

——長江後浪推前浪，不錯，可是前浪死不讓，你又能把我們怎麼樣？你以為我是貪戀著位子不放，占著茅坑不拉屎嗎？告訴你，我們誰不想安安靜靜地過太平日子，可是國事如此，我忍心這麼自私地不管嗎？我之所以拒退，是因為我早已經置個人生死於度外了，我只有以國家民族為己任，義無反顧，我不下地獄，誰下地獄？我們是在背負國家民族社會命運的十字架……

——三太爺，您說的對，可是何不讓他們也下地獄去受苦？讓他們也去背一下沉重的十字架，讓十字架壓得他們喘不過氣來……。

我的好心建議和取悅三太爺的說法，好像並沒能緩和他老人家的怒氣，但他已經放下了指著我額頭的扇子，像是自語而又像是回答我似地說了一句：

——背？哼！他們背得了嗎？

胡三太爺有氣喘的老毛病，說話也總是口吃。可是當他一談起退休問題的時候，無神而帶著眼屎的兩眼立即現出了憤怒的火焰，發出一種只有我們狐族才能辨認的紫光。說話的聲音，也變得慷慨激昂，流暢有力。

其實我也知道胡三太爺這些年來的寂寞，他同一新村的朋友們，死的死，住院的住院，出國的出國。而在社會上，他的名片也不再像以前那麼有用吃香。新村的四周是一片聲討老賊的噪音，吵得他吃飯睡覺都不安寧。目前，他正聯合新村中碩果僅存的幾個老代表趕製棺材，準備走向街頭發起抗退運動。他說當年在首都既然能因爲抬了棺材上街而當上了代表，如今他也一定能因爲抬了棺材上街而拒退。

——爺爺，該吃藥了。

胡媚端出了兩碗紅中帶著黑綠的飲料、一瓶藥丸以及一杯開水。胡媚的短髮茂密濃厚，瑩亮光潔，是一種深褐色的烏黑。激昂過後的胡三太爺已經在沙發上打鼾，胡三奶奶搖著叫醒他：

——老頭子，起來吃藥藥嘍，吃完就去床上睡覺覺，演講等明天再繼續吧！

胡三太爺端起那杯飲料，緊皺著眉頭喝了下去，藥汁有些溢在下巴的鬍子上。

——哼，又是冷凍雞血，腥臭難以下嚥。唉！想當年，無胡不成村，家家戶戶，誰不是像供祖宗似地供著我們？要吃人腦人肝，什麼沒有？想不到我胡老三晚景淒涼，淪落到天天喝冷凍雞血的田地。

——老頭子，你就少說兩句吧！年頭變了你又不是不知道。

胡三奶奶一面用袖口擦拭三太爺嘴邊的雞血殘渣，一面把藥丸一粒一粒地遞進三太爺的口中。像一個慈祥的母親面對一個任性撒野的孩子。

胡三太爺喝完血、吃完藥又開始在沙發上養神了。三奶奶慈祥親切地和我話家常：

——小狗子呀！我說，你在外國可有血喝嗎？

——偶爾，不過沒有也習慣了。

——是啊！我說，還是你們年輕人適應力強呀，像小娟子她就早已經斷血了，說是嫌腥，改吃什麼肯德基洋雞塊了。我也吃了幾回，一吃就胸口作痛，胃裡翻滾。唉！還是咱們老家的東西好吃啊⋯⋯

胡三奶奶雙手捧著那杯雞血，小口小口斯斯文文地輕啜著，像是正在品嘗一杯陳年的好酒。我忽然想起以前聽族人說過，胡三太爺當年天天喝人血，而且非童男童女的血不沾……

——三奶奶，三太爺他老人家還喝人血嗎？

胡三奶奶爲身旁打鼾的丈夫蓋上了一條毯子。

——唉，別提啦，我說，小狗子啊！他們這些老代表哪一個不是喝人血過來的？現在呢，不行了，老的老，死的死，年頭不對了啊！咱們的老法子也不靈了。你想想，人家手裡拿的是槍砲火藥，哪還會怕咱們的紙糊燈籠？哦？你說人血啊？自從上次差點喝掉了他的老命以後，老頭子可再不敢喝第二口了。

——怎麼了呢？

——唉，我說，小狗子啊！也是劫數難逃呀，難得小媚子一片孝心，我八百歲生日那天弄來了一瓶血給我補冬。我捨不得喝，想老頭子多少年來也沒喝口好血，就統統給他喝了。誰想到，當天晚上就去鼠大夫那裡掛了急診。

——什麼病？

——唉，我說，小狗子呀，我老了，也不記得鼠大夫怎麼個說的了。好像是說現在的人呼吸了太多的髒空氣，喝假酒，吸菸，吃太多化學色素，把血都弄得有毒了，喝了會要老命的啊！小狗子呀，我說，年頭眞的變了，在咱這個兩百萬人的城裡，已經找不到一個乾淨的人了。

……

那一夜，颱風過境，窗外風雨交加，風聲雨聲以及胡三太爺的打鼾聲，聲聲入耳。偶爾隔房傳來胡三太爺隱約斷續的夢中囈語：以個人生死為己任……置國家民族於……度外……

不知道是胡三太爺夢中說錯了，還是迷糊之中我聽錯了？

4 神無月·佛滅

胡三太爺為了抗拒退休而預備的棺材，結果裝進了他自己，成了他最後的一個終點。

他和他朋友的棺材隊還沒有抬出他們的代表新村，整個入口的馬路已經被人群包圍了。一些人頭上戴著機車的安全帽，帽子上寫著「民主」、「人權」、「正義」等不同的紅字或黑字。臉上用毛巾和口罩遮住，他們之中有的高舉著寫滿了標語的布條，有的手持麥克風，有的拿著長長的竹竿或木棍，他們對著胡三太爺的棺材隊嘶喊怒罵……。

終點和中心點都是棺材，群眾包圍著棺材，而不遠處一道由警察、憲兵和便衣聯合組成的牆包圍著群眾，他們鋼盔鐵盾，旗幟鮮明。牆外的幾部指揮車上站著幾個呼籲大家冷靜的首長。一個凸出著下巴的高個子指揮官手持麥克風向牆裡的棺材和群眾喊話，要他們雙方誠意溝通，各自退兵三百尺……

科爾沁草原的月圓之夜，一群飢餓的狼包圍著拜月回家的我們。狼群在一定的距離外，把我和我跛腳的弟弟圍在中間。我們是一個圓圈中的中心點，是狼群一躍而起正好可以撲到的距離。狼群並不立刻撲上來撕裂我們，有的狼在我們旁邊嗚嗚仰頭對月高嗥。有的爬在地上蓄勢待發，對著我們發出一種骨骼斷裂似的磨牙聲響。月光之下，狼們的眼睛發著閃閃的綠光……

——哥，我是躲不掉的了，你就別管我了，你快衝出去吧！

跛腳的弟弟口中吐著白沫，絕望地看著我。

——不，小虎子，我不能留你一個在這裡。

——可是，你留下來的話，我們兩個都活不成的。

——要死，就讓我們死在一起吧！

弟弟的眼中充滿了晶瑩的淚水，他點點頭，溫柔地把頭靠在我肩上……

我抬頭望著暗空中的圓月，有雲，雲遮住了月亮。有風，風裡有冰冷的雨絲。我閉上眼睛，輕輕地拍著身旁的弟弟。我的心中突然覺得無比地安靜，彷佛身邊已經沒有恐怖的狼嚎和綠色的眼睛。我想到常和弟弟玩的遊戲，抓一隻兔子放在草原上，讓蛇去咬死兔子，再抓隻鵝來咬死這條蛇，最後我們撲殺了鵝，帶著兔子、蛇和雞回家。……

我們根本沒有想過，我們的身後還有等待遊戲結束的狼。

突然，槍聲響了。

排開人群衝到棺材前面毆打胡三太爺的是兩個民主和一個人權，他們身後的一群正義一面高喊著：「給他死！給他死！」一面維持著現場的秩序。其他的幾個民主和人權則咆哮著衝向其他的棺材……

——不要打了，不要打了，你們打我好了……

聲嘶力竭的是胡三太爺身邊的胡媚，她張開著兩臂，用她嬌小的身體擋在肥胖的胡三太爺前面。人群中，一個民主問他身旁的另一個民主：

——這個查某是什麼人？

——幹，管待伊是誰，幹她！

身旁的民主把目標轉向了胡媚：

——幹給伊死！幹給伊死！

維持秩序的正義們群起而鬨，爲民主和人權加油。幾個民主和人權一面嘻笑著一面擠向胡媚。

我雙手奮力推開擋在前面的人群，奔向胡媚。前面有人開始撕裂胡媚的衣裙……

突然，槍聲響了，是打向空中的信號彈。

當我拖拉著胡媚死命往外鑽擠的時候，那道由警察憲兵和便衣聯合組成的牆開始緩緩向群眾移動，以棺材為中心的圓開始向中心集中緊縮，終於圓消失了，成了一個軍警和民主人權及正義們互相毆打的混亂成一團的平面，一個不成幾何圖型的面。

狼群一驚而散。槍聲過後，站在我和弟弟面前的是兩匹馬和馬上的兩個拿著獵槍的獵人。其中一個獵人的肩上站著一隻禿鷹。兩個獵人在明月之下凝視顫抖著的我們，其中一個說：

——雜毛的，不值錢，走吧！

他們掉轉馬頭走了，草原變得無限地空闊和寂靜。寂靜中我聽到獵人馬身上的鈴聲漸行漸遠……

明月之下，大地如霜。

一陣風，吹起了散落在路上無數的民主宣言和政治口號。胡三太爺癱倒在他的棺材裡，手中依然緊握著那把烏黑油亮的鐵扇子。胡三太爺的臉上和白袍子上，點點布滿了紅色的血痕和紅色的檳榔汁。

事件過後，胡三奶奶患了嚴重的被害妄想症。她害怕所有頭上戴安全帽的人，騎機車的或是蓋房子的，哪怕是修電線的。只要一見有人頭上戴了安全帽，胡三奶奶就趕緊跑回家，緊緊地關上門，從門上的小洞中，驚怕地往外凝視。

胡媚也不再像以前那樣蹦蹦跳跳、明朗活潑。她變得出奇地沉默，經常自己關在書房裡一整天，有時候看她手支著腮，望著窗外的柳樹發呆。有時候見她坐在桌前，奮筆疾書。誰也不知道她到底在想些什麼？寫些什麼？

我們依照我們族群的習俗，在一個月圓之夜的子時，祕密地焚化了胡三太爺。本來鼠大夫建議找個屍體讓胡三太爺還魂的，可是胡三奶奶堅決反對，老奶奶突然神智很清明地對我們說：

——什麼年頭了，還還什麼魂？老頭子這輩子好事和壞事可都做盡了，就讓他帶著他的光榮和恥辱和他的時代一起消失了吧！

胡三奶奶料理完了胡三太爺的後事以後，變賣了所有的家當，領著胡媚到另一個國家去了。

5 霜月・彼岸

胡青：

夜涼如水，我在草原。

妳或許奇怪我爲什麼告訴妳胡三太爺一族的事，因爲我已確實知道胡媚就是妳惦記和找尋了多年的妹妹胡白。可是胡青，請原諒我，我並沒有告訴胡媚任何關於妳的事，對於童年，她已完全沒有記憶，包括妳們的父母親，甚至妳。她一直以為她是胡三太爺和三奶奶唯一單傳的孫女。而事實上，這些年來，胡三太爺夫婦也一直是把胡媚當做自己唯一的疼愛。

是胡三太爺被群眾打死的那天，頭上寫著人權和民主的人士，撕裂開了胡媚的衣服，我在她的右胸上，看到了妳告訴我的一顆晶瑩的紅痣。

胡三奶奶也不知道胡媚在世上還有一個同父同母的姊姊，我自然也沒有告訴她什麼。我記得有一天晚上，我問起胡三奶奶胡媚身上的紅痣，三奶奶一面搔著如銀的白髮，一面回述她多年以前領養胡媚的往事。她說蹝縮在門口哭泣的胡媚，如同一隻被雨水淋濕了的流浪的小貓。三奶奶給胡媚洗澡的時候，注意到了她胸上的紅痣，從這顆紅痣，三奶奶認出了妳們是雪山飛狐的一族。可是使三奶奶憂心的是何以胡媚只有右胸上有痣而不是左右都有？她說凡是雪山飛狐的族群，胸前必定是有兩顆紅痣的，這是幾千年以來妳們族群不變的標記。

三奶奶說只有一個理由可以解釋這顆紅痣，就是妳的父親或母親，其中必定有一方不是我們狐族，而是人類。

我想起妳被誣陷為匪諜而死的父親，以及拋下妳和小白去雪山尋蓮還魂的母親。妳的母親一定知道自己的丈夫是凡人而非我族，她又為什麼而離開紅塵，用自己的生命去賭丈夫的回生？而且我懷疑，這世上眞有可以還魂的雪山之蓮嗎？

胡青，妳知道嗎？妳是人類和狐族混血而生的，妳具備了人類和狐族的雙重性格，小白自然也是。

本來胡三太爺是堅決反對三奶奶收養小白的，因爲他不要一個人狐混血的異族進入他的胡氏世家。是三奶奶的堅持和苦求使三太爺點了頭。然後是小白的聰明多慧獲得了胡三太爺的疼惜。胡三太爺因爲長期練氣功而沒有後代，小白成了他唯一的孫女，也成了幾千年以來胡氏世家唯一的女繼承者。

我找到了妳的妹妹小白，但小白將永遠活在妳的心底，這世上已經沒有小白，只有胡三太爺和三奶奶的孫女胡媚。

哦，對了胡青，記得我多次提過的我弟弟胡朋嗎？前些天小虎子帶著隨從搭乘專機到草原上來看我，並且在我們宗親大會上發表了演說，他正在推動草原八個現代化方案。幾年不見，他神采飛揚，容光煥發，早已非當年跟著我學偷雞摸狗本領的弟弟了。他靠著殘障協會理事長的名義在各地成立基金會，向各單位募捐。然後把募捐來的錢投資建立各種公司，目前他是身兼政治委員的對外貿易辦公室主任。弟弟說儘管國家和老百姓一窮二白，可是他們當高幹的，每天仍舊有吃不完的人脂人膏，喝不完的新鮮人血，也難怪他越來越年輕起來了。

當我懷舊地告訴他我們的童年往事，他上學的第一天被打以及拜月回家的路上遇到狼群……弟弟含著雪茄，微笑著對我眨著他那狡黠多慧的眼睛，口中不停的「Ya-Ya」地應聲，最後他說：

——是嗎？有這碼子事兒嗎？

弟弟說他回京以後馬上會派人送些鮮血過來給我和我們的鄉親父老。他說去年首都廣場學生示威遊行，他們開會，決定調軍隊鎮壓，開槍打死了不少的學生和老百姓，積下了不少的鮮血，事後論功行賞，弟弟也分到了不少青年人的熱血，夠他喝好幾年的了。

——哥，您甭擔心，儘管喝就得了，反正咱們這裡年輕人多得是，他們有得是熱血，只要有青年，就不愁咱這些當幹部的沒血喝……

臨別，弟弟上飛機前握著我的手這麼說。

啊！胡青，我已經忘了有多少年沒有嘗到新鮮人血的味道了，在西伯利亞的上空妳給我的那杯雞血也是長久以來的美味，我多麼希望妳能來草原上與我共同分享弟弟送來的鮮血……可是胡青——

妳在哪裡呢？

胡雲合掌再拜
時夜晚十點二十五分

原刊於一九九〇年十二月，《聯合文學》第七十四期

平戶千里

1

船越航越遠，濛濛的薄霧中，他依然看得到站在海岸邊的妻子手中那條向他揮動的紅色手帕，他突然覺得這一切都像是一個夢，而今他正一步一步地跨出這個夢。

平戶島的海面永遠是那麼地靜，即使是有風有浪的時候，海面也還是那麼靜靜地起伏著。這片安靜的海，使他想起依然站在岸上向他揮動紅色手帕的妻子，她永遠是那麼靜，靜靜地守著這片平戶島千里濱上的海，靜靜地等著他出港的船歸來。八年來，她從來沒有過問他的任何事，當他每次把海上劫來的財寶堆積在她面前的時候，她的眼中也從來沒有露出過任何的喜悅，依然是每天的黃昏，帶著竹籃和鏟子去海邊挖貝。就是上次他帶著自己的兄弟去攻打長崎城，被守城的武士在左肩砍了一刀，血流滿身地奔回平戶，他在妻子的眼中也沒有看到任何的驚愕與不安，她甚至連問他爲什麼負傷也沒有，只是平靜地用她白色的絹巾洗擦他的傷口，爲他上好了刀傷藥以後，就又提著竹籃到海邊挖貝，然後把挖回來的貝浸在清水中，預備第二天早餐的味噌湯。

他像是突然領悟過來了，妻子手中那條揮動向他的紅巾，正是那條染滿了他的血的白色絹巾，他好像剎那之間懂了什麼，可是又覺得一片茫然。

他奇怪自己的心中竟然同時浮起兩個懷孕女人的影子，岸邊的妻子和長崎的雪子腹中都懷著他的骨肉，他不知道自己什麼時候才能看見自己的孩子，但他相信不會經過太久，他必將率領著自己的艦隊再回平戶島上接回他的孩子。他希望兩個孩子都是男孩，他想像著他們長大，成爲很好的武士，他想像著他的兩個兒子分別成爲雄霸中國和日本的王。他率領部下攻打長崎，是爲了送給即將出生的孩子一份誕生禮物，他要送給自己的兒子一座長崎城，讓他當長崎的王。起事雖然失敗，但他一點也不氣餒，因爲他知道，當風起的時候，他必再回長崎。

「我不要長崎，不要我們的孩子當什麼長崎的王，我寧可他是一個卑微的漁師而不希望他是整天比劍的武士，漁師晨出晚歸地出海捕魚，可以守著自己的女人過平凡的一生，武士卻是注定了必須接受殺人與被殺的命運，天下沒有不沾滿鮮血的武士之刀，武士只知道自己的野心和仇恨，永遠不會瞭解一個愛他的女人爲他所受的苦和所操的心……」

他想到那個下雪的早晨，捧著雙刀跪在玄關送他出門的雪子，那個胸前有豆粒大紅痣的女人，那個站在雪地之中白衣如雪的雪子。

他還是一動不動地站在船頭，靜靜地聽著海風吹起他的衣袂所發出的飄飄之聲，平戶的千里濱已遠，他只能看到模糊的樹影。他從衣袖中掏出一塊斷裂的牛骨梳子，梳子中的裂痕猶新，他還是不知道他的妻子爲什麼要送他這塊斷了一半的梳子，昨夜她在燈下默默地遞了給他，他也漫不經心地接過來放入袖中。

昨夜月光滿地如霜，月光下妻子慘白的臉在傾瀉而下的滿頭黑髮的相映之下更形慘白，妻子拿著這把梳子在窗前靜靜地梳著她的長髮，他一面喝著酒，一面望著窗前的高大柏樹對妻子說：

「我們的孩子，就取名叫鄭森吧！希望他像窗前的這些大竹柏樹一樣地成為棟梁之材，希望他是大木中的大木，武士中的武士。」

妻子靜靜地點了一下頭，繼續梳著自己的長髮，他解下腰間的短刀，放在妻子的身旁說：

「帶著這把短刀去見平戶的藩主，他答應把孩子教育成一個優秀的武士，告訴孩子，叫他別忘了自己是泉州鄭家的雙刀唯一的傳人……」

他覺得眼前一寒，他看到妻子慢慢拔刀出鞘，然後從懷中掏出一塊方巾靜靜地擦拭短刀，擦完以後，還刀入鞘，然後開始仔細地繫起短刀上的繩帶。做完這些事以後，她又拿起梳子繼續梳理自己的長髮。

「還有，孩子滿月以後，妳帶些錢送到長崎，去找一個雲裳閣名叫雪子的藝妓，她的腹中也懷著我的孩子。如果是男孩，就取名田川七左衛門，讓他繼承你們田川武士之家的姓氏……」

他聽到一聲清脆的斷裂之聲，他看到妻子微微發顫的手中緊握著半截斷裂的梳子，慘白月光之下的妻子的臉似乎有著從不曾有過的慘白，妻子默默地把手中的半截梳子交了給他以後，又拾起掉落在榻榻米上的另半截梳子緩慢地揣入自己的懷中。

2

黃昏，滿天夕陽如火，水中的火，火中的水，水火之中有越聚越濃的霧，霧氣茫茫裡平戶已在百里之外。一隻孤雁掠帆而過，留下一聲迴盪在空中的淒鳴，他舉起手中的半截梳子，隨便地梳理了一下自己被海風吹亂的頭髮，然後又把梳子揣回自己的長袖裡。那年，他以一個亡命之徒的偷渡者身分踏上了平戶島的那天，也依然記得是一個濃霧茫茫的黃昏，八年的歲月在潮起潮落之間流失，他突然覺得許多往事湧起，一如海面上冉冉而起的白霧。

經過東中國海上的狂風巨浪，他漂流到這個小島，當他被巡海的武士從海裡撈起來帶到藩主面前的時候，他知道他已離開了中國，離開了泉州，而到了一塊陌生的土地。如果不是他在臨刑之前用葡萄牙語喊了一聲「上帝」，他早已是平戶藩主令下的刀下之鬼，因爲他懂外國語，信過天主教，所以藩主留下了他，命他做和西洋人打交道的通譯。而他眞正成爲藩主的朋友，卻是在他到平戶島上第二年，薩摩的武士前來平戶比武，平戶武士一個又一個地被擊倒，他爲報答藩主的不殺之恩而挺身出陣，結果以他泉州鄭家的雙刀劍法斬殺了薩摩武士。他的劍法提高了他的地位和聲譽，使他成了藩主座下七百武士的教頭，藩主並且爲他作媒，娶了田川翁翌皇的女兒田川松爲妻，希望他能死心地爲自己效忠。

八年來，無數來自各地的武士浪人，用他們的血和生命堆積了他「唐人雙刀，天下無敵」的令名，可是只有他自己和他的妻子知道他八年來一直是活在無限的矛盾和掙扎之中。他每次帶著手下的浪人出海，到中國東南沿海一帶打家劫舍、掠奪財富回來以後，總是跑到長崎大醉幾天，而他的妻子對那些他帶回的財富衣帛，從來沒有正眼瞧過一眼也是非常刺傷他自尊的事，他覺得自己是名滿天下的武士，可是又覺得自己只不過是爲飼主效忠的一隻忠犬，而自己所奉命咬噬的卻是自己的同胞。這些年來，他永遠忘不了那年在海上初遇顏思齊時，顏思齊對他所說的話。

鄭芝龍，你帶著倭寇回家搶自己的東西，算什麼好漢？有種你就回到自己的海上來打自己的天下……

四周已是一片漆黑，海上風浪奔騰，濺起的海水打在他的身上，他依然像是一尊石像似地站立在船頭。他知道這裡已經不再是萬里無波的平戶島，這裡已是接近自己故鄉泉州的中國海面，他知道顏思齊在不遠的海上等著他，他知道他的同胞弟兄在顏思齊的船上等著他，他也知道無限的風暴和無限的前程在不遠的地方等著他。

「我知道你這些年來一直在悔恨一件事，你在悔恨帶著我的武士到你故鄉搶劫奪取唐人的財富，可是，芝龍，你知不知道我這些年來也一直在後悔一件事？」

白髮皤皤的平戶藩主兩眼透著逼人的光芒直視著他，多年來養成的服從習慣，使他不敢面對藩主的炯炯目光，他長跪的身子向後退了兩步，俯首垂目，靜靜地聽著藩主繼續說：

「我後悔我沒有殺了你。其實八年前，當你被我的武士從海中撈起來的時候，我該殺了你才對。」

「現在，你還是可以命我切腹。」

「噢，已經遲了，你現在羽毛已豐，不再是我池中之物，我也老了，我的池子可以養魚養蝦，但留不住蛟龍，蛟龍終於是應該入海的。只是希望你要記住，當你雄霸海上的時候，不要帶著你的武士前來我藩報復，你走了以後，我也將下令禁止我的武士再到貴地騷擾，讓我們維持一個長久的友誼。你的妻和子我暫時留下，你在我藩住了八年，我也答應回報你八年，把你的孩子教育成最好的武士，八年以後，你來接他們回唐土去吧！唐人終歸還是要回到唐人的土地上去的……」

他抬起頭，望著眼前的白髮藩主，他突然覺得長跪正坐在面前的已經不再是一個猛犬的飼主，而是一個和藹的老頭，老頭回身從刀架上取下了他的長刀，雙手捧著放在他的面前對他說：

「這把刀我用了六十年了，你走了以後，我也將結束我的武士生涯，只留一把短劍日後切腹也就夠了，你帶著去開拓你的世界吧！」

想到這裡，他不禁伸手按住了刀柄。

3

他的眼睛充滿了血絲，他的頭髮蓬亂地飄在風裡，他已經像一尊化石，不動地在船頭站了一夜。

清晨的海上有薄薄的霧，有群飛覓食的鷗群，海的水平線上有即將升起的朝陽，晨曦之中他看到有一支艦隊向他航來，艦船上懸著書寫著一個「顏」字的大旗……

他們會合之後，顏思齊告訴他清兵已經入關，東方海上吃緊，不知這支龐大的艦隊應該航向何方。

他拔出腰間的長刀，把刀指向南方說：

「台灣！」

當他大聲喊出台灣兩字的時候，他好像聽到遙遠的海面上傳來了嬰兒落地的哭聲，他直覺地想到平戶島上千里濱海岸，他的兒子已經出生，他心裡想：

「這個孩子和台灣，到底會有怎麼樣的緣呢？」

附記：

一六二四年，鄭芝龍率領他的艦隊到達了台灣，就在這年，鄭成功在日本長崎縣北邊和松浦半島連接的平戶島的海邊的一塊岩石下誕生。

雪子所生的孩子，也由田川松扶養長大，就是鄭成功的弟弟田川七左衛門，其後裔至今仍在長崎。

水妻

玫瑰傳奇

該歸去的蟬依然在林間呼喚，而樹，卻是落葉的時候了。

你眞的不用告訴我開船的時刻，我不會去送你，我不要眼看著那一條條的彩帶被逐漸拉長而終至於斷裂；我也不要你在那片揮動的手中辛苦地尋找我那條印著碎花的手帕。請不要再打電話給我，我不能忍受一個個錢幣掉落的聲音，電話裡的一個個錢幣都是一個個的離別，掉向那片無限無盡的黑。你走的那天，我會像平常一樣地早起，然後聽喜多郎的〈大漠裡滾滾的流沙〉，一面讀書或者拖地，只因爲你喜歡我讀書，也喜歡我拖地，可是我也知道，縱然我再把磨石子的地板擦得像面鏡子，再也看不到你赤腳走在上面的喜悅。

不要再對我許諾什麼，讓船笛告訴我船已開，你已走。我不是法國中尉的女人，我不會在風雨之中站在長堤上望著遠方等你回來，我不要欺騙自己一如我不要欺騙你，我相信你會回來的，可是我不知道是在什麼時候，是當你厭倦了海，厭倦了碼頭上昏黃燈下的綠酒紅唇？或是當你的水手刀生了鏽的時候？

相思、漂泊，你說許多水手是在相思和漂泊中白了頭髮，你說你已習慣了以海做家，以船做床，可是你卻一直懷念著一片屬於你自己的土地，一個長滿了爬山虎的小屋和一個種滿了玫瑰的院子。是我牆上的爬山虎和院中的玫瑰吸引了你，因爲當你叩門的時候，你並不知道開門的是穿著睡衣披著長髮的女人，你只是很禮貌地問我可不可以進院子來看看我的玫瑰，是我不好，是我用我的長髮纏住了你，我眞的不是有意地要誘惑你，事實上你也知道我不是那樣的女人，我只是在看到你落寞和倔強的那雙眼睛的剎那，我告訴自己眼前這個含著菸斗滿臉鬍子的陌生男人是我等了很久的人，我不能讓他擦身而過。

你只是靜靜地吸著菸，靜靜地看著那些盛開的玫瑰，可是爲什麼你的眼中有欲滴的淚？

「以前我有過一個這樣的小屋，屋子的牆上長滿了爬山虎，院子裡長滿了這樣的玫瑰，滿園玫瑰是她一棵一棵親手種的，她常說她不是爬山虎，她是玫瑰，她說她沒有爬山虎般頑強的生命，她需要的是安靜的環境和細心的照顧，她是美麗而脆弱的玫瑰。」

「……」

「她死了，在一個颱風的夜晚，院中玫瑰全部凋謝的時候，我把她埋在她種的玫瑰底下，就上了船，十八年了，今天是她的十八周年忌日，所以我來，我總覺得她沒有死，覺得她已經化成了眼前的這些玫瑰。」

「你是說，就是一個像這樣的院子，這樣的玫瑰？」

「不是像，就是這個院子和這些玫瑰，這就是我十八年以前的家。」

我忽然想起十二年以前我買下這所房子的事，當時我厭倦了都市而跑到這個漁村來原是爲了尋找片刻的安寧，是院子中盛開的玫瑰和那滿牆的爬山虎使我愛上了這裡，當我決定買下這個屋子的時候，在院子裡修剪玫瑰的老人曾經用很詭異的眼光看著我說：

「如果你眞的愛這些玫瑰，你就得讓她安靜，你就得不斷地照顧她，不過我也要告訴你，這些玫瑰有時候開得很邪門兒，如果你在颱風的夜晚，看到院中盛開的玫瑰，不要怕，開過一下下也就會謝了。你搬來以後，我就把這些玫瑰交給你，以後我也不再來了。」

這十二年來玫瑰也的確開得詭異，有時候會在風雨夜裡一夜之間盛開，有時候又會在一夜之間全部凋落，我驚奇過幾次以後，也就見怪不怪，習以爲常了，知道了你的故事以後，我才又連想起這些詭異而神祕的事，我才知道在院子中修剪玫瑰的老人是在照顧他的女兒。

我剪下一棵玫瑰，要你帶回去種在你的身邊，你卻攤攤雙手無奈地對我說：

「一個以海爲家的人，你要他把玫瑰種在哪裡？」

我知道玫瑰不是爲我而開，也不是爲我而謝，可是這些詭異的玫瑰使我羨慕，羨慕之中也有些許的嫉妒，我忽然想要你知道，站在你眼前的我才是眞正的玫瑰，你的玫瑰必須是我而不是已經死了十八年的記憶。我不知道我該讓你走或是留住你，只知道你走了以後，我就再也見不到你，我決定要留住你，所以我才在你走到院子門口的時候叫住了你：

「難道你不能嘗一杯我用玫瑰釀的酒再走？」

我請你進了屋子，爲你脫下了鞋子，爲你斟了一杯嫣紅而透明的玫瑰酒，那酒，紅得像血……

我要給你我所有的，我要用我的身體磨平你對玫瑰的記憶，我要給你一朵新的玫瑰，縱然我們沒有明天，縱然明日雨落花殘。

我看到你的眸子裡有我，你是一隻魚，逐漸游向我生命的深淵，在你的起伏中我是一朵雨後逐漸展開的玫瑰。你是風，我是風裡的紙鷂，你把我吹向高空，提升、飛揚，而當紙鷂就要上達雲端的時候，風停、線斷。我在你睜大的雙眸中看到恐怖，你用一種撕裂的聲音高喊著：

「玫瑰！那朵玫瑰！」

當我坐起隨著你的嘶喊望去，窗前只有隨風而動的爬山虎，沒有玫瑰，可是你卻說剛才你清楚地看到窗外飄著一朵帶著眼睛的血玫瑰，你說那是一朵有如人頭大小的玫瑰。那之後的幾夜清涼如水，連夢也不曾有過一個。

你終於就要走了，回到海上，回到船上，也許對於漂泊慣了的你來說，偶然的機遇並不會使你戀戀於懷，可是我對你的思念卻不會因為院中玫瑰花開花謝而減輕，任何的臆測也只能印證我的癡執而已，我不要這般長夜枯坐，我不要在等待中覺得自己一片片在萎死。

你走了以後，我會設供焚香，替你安慰玫瑰花底的她，然後我會離開這個小屋，離開這片爬山虎和滿園的玫瑰，我會到另外一個港口的小鎮去尋找另外一個小屋，我會讓爬山虎綠滿我的牆，我會親手在院子中種植一棵棵的玫瑰。

當你的船駛進另一個港口，當你在陌生的小鎮看到似曾相識的玫瑰，你還會叩門而入嗎？

當汽笛響起時，你的船航向哪裡？
而現在，你在哪裡？你是醒著呢？醉著呢？

亞梅洛

1 加斯特羅

十一月十三日上午九點半，負責監視火山口的消防隊員打電話給他們的消防隊長加斯特羅報告說：「隊長，火山噴出了灰砂，情況危險，請馬上聯絡市府當局，立刻遣散市民避難……。」

加斯特羅隊長接到電話以後，馬上趕到市政府，市長召開了緊急會議，與會的有警察局長、地震研究專家以及各單位的有關人員，加斯特羅對大家說：

「我在這小鎮已經住了四十多年，火山口噴出灰砂還是第一次，請市長立刻發布山難的消息，命令市民立刻做避難準備！」

警察局長看著頭髮斑白的加斯特羅，很不耐煩地說：

「我看你是工作太累，有些神經質吧？我們也在這鎮上住了這麼久，但哪天不是平安無事？你要求市長發布山難的消息，只不過是把這個和平的都市陷入混亂動態，造成市民的信心危機……」

市長詢問地質學專家佛羅斯博士的意見，佛羅斯教授一面吸著雪茄，一面從容不迫地說：

「根據我們精密的科學儀器的記錄，火山爆發的可能性是等於零的。我不知道加斯特羅隊長何以不相信我們科學家的分析，卻相信他自己派在山口的消防隊員……」

市長又問了每位列席人士的意見，每個人都笑著說「沒事」。市長宣布散會，起身走到加斯特羅身邊，用他肥胖的大手拍著加斯特羅的肩膀說：

「老弟，沒事的，明天的太陽還是像今天的一樣好。你還是回到你的消防處，沒事少往市政府跑，你知道我是很忙的……」

火山口繼續噴出煙和砂，下午一點到三點之間，當地的居民已經親自看見火山口噴出的煙越來越濃，煙中似有紅色的火焰，砂粒越來越大，到了下午七點，火山口不再噴煙，只有一片似霧的砂不斷地從火山口湧向空中。市民打開收音機，裡面傳出的是市長安定而穩健的聲音：

「各位市民，一切沒事，請大家照常工作，火山沒有爆發的危險。只是外面風砂很大，希望您外出的時候，最好是戴頂帽子，還有，爲了您的健康，不妨也預備個口罩……」

加斯特羅再度衝進市長辦公室，要求市長宣布緊急避難的命令，市長不耐煩地對他說：

「我已經廣播過了，一切沒事，而且不會有事……」

火山口的灰砂更濃了，山間沒有任何聲音，一切都是靜寂的沉默，火山口的消防隊員打到消防處的電話越來越頻繁，聲音越來越急。加斯特羅再度放下電話，驅車直衝市長辦公室，市長這次連接見他也不必，只派警察局長對他說：

「一切沒事，即使是眞的火山爆發，也有我們處理，不必勞駕您老先生跑來跑去，你可以去喝兩杯，或是回家洗個熱水澡。總之，你不必再來市政府……。如果你再來，我有權以妨礙公務的罪名逮捕你……」

加斯特羅趕回消防局，電話那邊傳來火山監視員的哀痛聲音說：「隊長，火山就要爆發了，一切都太遲了，我……大概回不了隊裡去了……」

加斯特羅馬上命令所有的隊員武裝戒備，他不再請示市長，不再收聽市府的廣播，他趕回自己家中，讓他的妻子兒女到野外避難，然後趕回消防隊，命令第三號消防車馬上出動，開到市區……。第三號消防車再也沒有回到消防局。

晚上九點五十分，市長再度召開緊急會議，可是有關的人不是在酒店喝酒，就是在家打牌，沒有人願意在屬於自己休閒的夜晚趕去市府開會……。

廣播局的職員正在播放輕柔的音樂，十點鐘時照例播放當天的新聞。一個三十三歲的服裝店女老闆正在拿熨斗一面燙衣服，一面聽廣播：「各位市民大家好，一切沒事，不用擔心，火山是不會爆發的……」正在這時，收音機中傳來一聲遠方震耳的轟炸聲音，廣播卻依然是：「一切沒事，不用擔心……，不會爆發……。根據專家的分析，現在我們請地質學家火山研究的權威佛羅斯博士對大家說明火山的構造及性質……」收音機中，佛羅斯教授從容穩定地說：「根據……一切是安全的。」正在這時，收音機中傳來一聲爆雷的巨響，廣播中斷，全市停電，整個小鎮陷入黑暗之中……。

火山口噴出的泥流，正在以時速八十公里的速度流進鎮內……。

悲鳴慘叫的市民紛紛衝向教堂，教堂內燃著火把，神父叫大家安靜，告訴市民「一切沒事」，神是不會遺棄祂的子民的，我們要有信心，火山的噴煙，正是對我們信心的考驗，神會照顧我們，我們沒有危機。你們只要相信，不要疑懼，你們只要祈禱，不要動搖……。

所有的市民集體跪地禱告，神父卻睜開了眼睛，望了一回這些正在禱告的市民，然後從教堂神壇的旁門走了出去，急忙地上車，命司機以全速開到郊外高處避難。

所有的市民，全部死在教堂的神像底下。

2 狗

他在流砂中已經被埋了一天一夜，他只覺得一切都很荒謬。他還記得他正在煙下寫他的升等論文，他知道他的那些同事之中有些很妒忌他，要在升等的教授會上整他。他也想起那個穿黑袍子的文學院長，寬大的袍子底下是他那個臃腫而疲憊的身體，身體之內是那顆卑鄙齷齪的心靈。這時候文學院長或許也像自己一樣地埋在這樣的流砂中吧？不，或許他早已經死了。於是他一一地想起那些他所討厭的人，想到這些討厭的人或許已經死去，他居然忘了自己也是將要死去的人，居然也有絲絲的快意。明天再也不用提著皮包去上課了，再也不必穿著整齊的服裝去開那些無聊的討論會，再也不必中午排隊擠在學生之間去吃那難以下嚥的食物。想到他明天再也不必做這些事，他好像是放假前一日似地快樂起來，還有，上個月新買的打字機也不用再付餘款了。

他看到許多人抬著擔架在他面前走來走去，搶救那些還被埋在泥砂中的活人。可是儘管那些穿皮鞋或布鞋的腳在他眼前晃動，卻沒有一個人停下來看見他。他全身被埋在砂中，只有頭部露出地面，他發不出任何聲音，他的喉嚨也被埋在砂中。他只能瞪大眼睛，告訴別人他並沒有死，可是，來來往往的人卻沒有人會低下頭來看看他的眼睛。好像是有人抬著擔架走過他頭前停了下來，一個人掏出了香菸點了火，一個人正要屈下身來看看他，吸菸的那個人卻說：「不要理會已經死了的人，還是找活人救出來要緊。」

然後他們走了。

許多清晰但已不連貫的影像和人物在他腦中浮現出來，像是一格一格的漫畫。眼前依然是來來往往的皮鞋和布鞋，依然沒有鞋子停在他的眼前。白天，太陽曬得他頭脹欲裂，晚間，冷風又像利箭一樣地刺穿他的眼睛。他仍然睜大著眼睛，他想閉上眼睛算了，可是睜了太久的眼睛卻再無力閉合起來了。他埋在砂中的四肢逐漸麻木，而胃卻還是在動的，他不敢奢求食物，他只祈禱老天能下點雨，讓他潤濕一下已經撕裂了的喉嚨，那怕是晚間的一點露水也可以。他在砂中已經是第二天了？或者是已經幾個世紀過去了？他漸漸記不起時間，漸漸覺得有另外一個他從砂中走出，在暮靄沉沉之中走向另一個地方去……

黃昏的落日下，所有的皮鞋布鞋都回家去了，沒有人的這片泥砂中卻有許多死去的同伴。他的視力逐漸消失，可是他又彷彿看到一團東西朝他面前移動，越來越近，他努力集中所有的知覺和視覺，終於知道出現在自己眼前的是一隻狗。

那隻狗在他附近走來走去，像是尋找什麼可以吃的食物。他想這一定是一隻飢餓的狗，牠的主人死了，如果牠走到我的面前，會不會一口咬掉我的眼睛？會不會用牠的利牙撕開我的腦袋，喝我的腦漿和血液？……

那隻狗終於走到他的頭前，先是用鼻子嗅了一下他的頭髮，然後又嗅了他的眼睛，他想閉上眼也不可能，那隻狗突然趴伏到地上，又用舌頭舔他的臉，他覺得狗的舌頭舔在自己的臉上，有種濕潤滑黏的感覺。他努力地伸出自己的舌頭，狗用舌頭舔他的舌頭，他覺得有一點水分吸進了自己的喉嚨，於是他伸出的舌頭不再縮回。狗繼續像是和他遊戲般地舔著他的舌頭，他感覺到自己的舌上和喉嚨中的水分又多了一些……。

第二天的早上，救生隊員終於發現了他瞪大的眼睛，他們把他從砂中挖了出來，抬上擔架，送進了醫院。

這位被救活的國立大學的年輕講師說，他絕對相信，那隻出現在黃昏中的狗，就是上帝的化身。

3 希望

她的身邊是她的丈夫和兩個孩子，丈夫的兩臂環抱著兩個孩子，幼兒的雙臂緊緊抱著的是他每夜抱著入睡的那隻玩具熊。

他們父子都睡了，而且是永遠地睡了。她看到丈夫睡著的臉，那張無邪氣一如孩子的臉，讓他睡吧！他不是經常在他的化學實驗室工作到天亮嗎？他不是經常疲倦地抱怨睡眠不足嗎？

晚風吹起了她大兒子額前的棕色頭髮，頭髮飄動了幾下之後，又安靜地披在兒子的臉上，他的頭髮都已經長到蓋住眼睛了，他應該去理個髮。每天當她黃昏時去學校接孩子回家，一群吱喳的兒童走出校門，總有一個棕色長髮的男孩奔跑向她，當他奔跑的時候，額前的頭髮總是遮住他的眼他的臉……。

其實也不過是昨夜的事，她的丈夫提前回家，難得他能夠回家吃晚飯，他的心情似乎比什麼時候都好得多。他一手提著一瓶白蘭地，一手拎著一個包裝精美的紙盒子，他把禮物紙盒交給她，要她打開，她看到一套淺淺粉紅色而上面布滿了藍色小花的嬰兒衣服。晚餐的時候，丈夫對她舉杯：

「我想我們這個孩子一定是個可愛的女兒，所以我買了女嬰的衣服送給她，這些年來，家裡老是我們父子三個男人欺侮妳一個人，妳該有個女孩做妳的幫手！讓我們爲即將誕生的女兒乾杯……」

「我不要妹妹，我要媽媽爲我生一隻小熊，可以做我這隻小熊的朋友。」

四歲的幼兒一面叫嚷著向父母抗議，一面把一塊蛋糕吃得滿嘴滿臉。

……

當她再睜開眼睛的時候，已經是夜晚了。她看到暗空中一顆又一顆的星星，這一顆又一顆的星星一下子又好像全都不見了，她感到頭暈目眩，她感到喉嚨如焚，像是一堆正在燃燒的火。她好像看到她的長子正從校門口奔向她，一下子她的長子又好像變成了她的丈夫，穿著白色的工作衣從化學實驗室的長階上步一步地下來走向她，自己的丈夫又一下子化身成了自己的幼兒，赤著腳，穿著睡衣拖著玩具熊哭嚷著告訴她說他的小熊病了……。

眼前所有的景象都不見了，她感到自己腹中的生命在動，她突然不再覺得飢渴也不再覺得冷，她只感到對腹中的孩子愧疚。孩子，妳原應該在所有的祝福中來到這個世界，妳應該享受我們爲妳預備下的一切，可是現在……現在妳卻陪著媽媽被深埋在這令人詛咒的泥漿裡。

孩子，妳看，妳的父親和兩個哥哥都在妳的身邊，他們睡得那麼那麼安靜香甜，我們去找他們吧！不，不，孩子，我們不能去，至少是妳不能去，妳有權利走出媽媽的身體去面對未來屬於妳的世界。孩子，忍耐些，妳要堅強地維持住自己的生命，妳有權利睜開眼睛看這個屬於妳的世界……。

遠天，一顆流星劃過晴空之後又消失了，她看著天上依然閃爍的群星，對著腹中的孩子開始述說一個古老的童話……。

她在泥漿中被埋了三天三夜，她是唯一的奇蹟。當她被救護人員發現而抬到醫院的時候，她已昏迷不醒，醫護人員聽見她焦裂的口唇緩慢地在微動，她像是在說些什麼，可是發不出任何的聲音……

一個新生嬰兒的哭聲已把她拉回人間的世界，她掙扎著睜開自己瞳孔逐漸放大的眼睛，看著自己的女兒，微弱地對圍著她的人群說：

就叫她「希望」吧！

原刊於一九八五年十二月二十五日，《聯合報》副刊
選入《夢的流浪——海外作家小說選》，希代

附錄一

回首彼岸——談王孝廉小說

徐錦成

王孝廉（筆名王璇）是成名已久的小說家。或者容我說得「狠」一點、更貼近事實一點：王孝廉曾是著名的小說家，可惜的是，他的小說成就，日漸爲人輕忽。

小說家王孝廉之所以漸被遺忘，原因很單純，他不寫小說久矣。在這本書之前，王孝廉僅出版過一本短篇小說集，那便是一九八五年「洪範版」的《彼岸》，該書收錄十二篇小說。之後幾年間，王孝廉又零星發表了幾篇小說，但因爲字數不夠另出一本，這幾篇小說從未出版。

這本新版的《彼岸》，同樣收錄了十二篇小說，與舊版《彼岸》重複者有八篇，另外四篇是第一次結集。這是一本新書，但也是舊著；對本書有興趣的讀者可能有一些是舊雨，料想亦有新知。但無論如何，舊作新出，必然有它歷久彌新的道理。

檢視王孝廉小說，我們其實不難想像，當年王孝廉必定是位滿載期待的新銳作家。從一個新人的角度看，他的小說充滿了開創性與發展性。量雖少，但面向並不狹窄。其中有兩條線彌足珍貴，一是「神話小說」，另一是中（台）、日情結的處理。而這兩條線的源頭，都跟作家的背景脫不了干係。

因爲基本上，王孝廉是位學者型的小說家。

在一般人的印象裡，王孝廉是長年旅日的神話學者。他二十七歲即赴日留學，取得碩士、博士學位，自此便在日本長住。博士論文《中國的神話世界——各民族的創世神話及信仰》是他海內知名的學術巨著。而王孝廉雖然二十幾歲即開始創作，但他重要的小說作品（包括本書所有內容），都集中在三十幾歲時完成，那時候的王孝廉，已具有學者的身分了。

「最後的箭」三部曲——〈流星〉、〈寒月〉及〈落日〉——無疑是「神話小說」的傑作。寫得好固然是原因之一，但少有人在此領域耕耘更顯得這批小說的可貴。神話本來就是冷門學問，要將神話轉化爲小說，則非同時具備學識（神話學）與才力（小說創作）莫辦。「神話小說」少有人寫，原因在此。自魯迅《故事新編》之後，數十年來的「神話小說」事實上僅有王孝廉與奚淞（〈夸父追日〉、〈伏羲與天梯〉、〈封神榜裡的哪吒〉等）值得一提。而無奈的是，兩人都已在小說上廢耕多年。

而王孝廉「旅日學者」的背景，也在小說創作上烙下明顯痕跡。〈平戶千里〉以歷史小說筆法寫在日本時的鄭芝龍，結尾並帶出鄭成功；〈修羅的晚宴〉則描繪軍國主義下日本軍官的荒謬。而〈再見南國〉更是以「南國」喻台灣的一冊旅日台人寫眞集，是一篇「國族寓意」的小說。王孝廉從日本看台灣，讀者則從小說中讀出他如何在日本想像台灣。

可以說：「神話小說」及「日本系列」，是王孝廉在小說上最重要的貢獻，也是他的舊作在新世紀最值得我們回首凝視的部分。

至於〈彼岸〉、〈塵海三色〉及〈水月〉等篇，亦都是思慮周密、辯才無礙的佳作。如果不是「學者」，很難想像能寫出那樣的作品。小說家王璇，其實是學者王孝廉的一個分身。

王孝廉在繳出十幾篇小說後，便悄然擱下創作之筆。他的小說具有開展的潛力，但他畢竟未在此深耕勤耘。作家創作常是爲了塡滿心靈上的某種缺憾，或許王孝廉已從學術研究中獲得滿足，無須再寫小說了吧。

是故，這本新版《彼岸》究竟是一個立此存照的終點？或是一項重新出發的契機？難以遽下定論。回首彼岸，王孝廉願意再渡一次河嗎？

附錄二

王孝廉小說評論引得

徐錦成/輯

南國的哀愁，季季，《書評書目》第八十二期，頁七六—八八，一九八〇年二月一日，台北：洪建全教育文化基金會。

〈再見南國〉評介，季季，《六十八年短篇小說選》（季季編），頁三二二—三二五，一九八〇年六月十日，台北：書評書目出版社。

〈塵海三色〉評介，周寧，《七十一年短篇小說選》（周寧編），頁一〇七—一一〇，一九八三年二月十日，台北：爾雅出版社。

〈再見南國〉評介，李黎，《海外華人作家小說選》（李黎編），頁二三二，一九八三年十二月，香港：三聯書店。

彼岸，郭明福，《中央日報》副刊，一九八五年四月十一日，台北：中央日報。

神話中的神話，沈謙，《聯合文學》第八期，頁二一六，一九八五年六月，台北：聯合文學出版社。

〈修羅的晚宴〉評介，亮軒，《七十四年短篇小說選》（亮軒編），頁九七—九九，一九八六年四月十日，台北：爾雅出版社。

孤獨、追求與鄉愁——航向王孝廉的小說〈彼岸〉，陳明智，《文藝月刊》第二〇八期，頁三二—四二，一九八六年十月，台北：文藝月刊社。

〈水月〉評介，李喬／高天生，《1986台灣小說選》（李喬／高天生主編），頁一六二—一六四，一九八七年三月十日，台北：前衛出版社。

爲複雜的人性做註腳——王孝廉談小說經驗，楊錦郁專訪，《文訊月刊》第三十六期，頁八六—八九，一九八八年六月，台北：文訊月刊社。

王孝廉〈最後的箭〉女性描寫的演繹與創新，郭素絹，兩岸女性文學發展學術研討會（會議論文），二〇〇三年十一月一日，台北：佛光人文社會學院。

"The other share by Wang Xuan", translated by Seik -Yee LAU（劉適宜），California, 1987.（碩士論文）

31.	台灣原住民族漢語文學選集──小說卷(上)	孫大川主編	300元
32.	台灣原住民族漢語文學選集──小說卷(下)	孫大川主編	300元
33.	台灣原住民族漢語文學選集──評論卷(上)	孫大川主編	300元
34.	台灣原住民族漢語文學選集──評論卷(下)	孫大川主編	300元
35.	長袍春秋──李敖的文字世界	曾遊娜、吳創合著	280元
36.	天機	履　彊著	220元
37.	究極無賴	成英姝著	200元
38.	遠方	駱以軍著	290元
39.	學飛的盟盟	朱天心著	240元
40.	加羅林魚木花開	沈花末著	200元
41.	最後文告	郭　箏著	180元
42.	好個翹課天	郭　箏著	200元
43.	空望	劉大任著	260元
44.	醜行或浪漫	張　煒著	300元
45.	出走	施逢雨著	400元
46.	夜夜夜麻一二	紀蔚然著	180元
47.	桃之夭夭	王安憶著	200元
48.	蒙面叢林	吳音寧、馬訶士著	280元
49.	甕中人	伊格言著	230元
50.	橋上的孩子	陳　雪著	200元
51.	獵人們	朱天心著	即將出版
52.	異議分子	龔鵬程著	380元
53.	布衣生活	劉靜娟著	230元
54.	玫瑰阿修羅	林俊穎著	200元
55.	一人漂流	阮慶岳著	220元
56.	彼岸	王孝廉著	230元
57.	一個青年小說家的誕生	藍博洲著	200元

POINT

1.	海洋遊俠──台灣尾的鯨豚	廖鴻基著	240元
2.	追巴黎的女人	蔡淑玲著	200元
3.	52個星期天	黃明堅著	220元
4.	娶太太，還是韓國人為好！?	日．篠原 令著／李芳譯	200元
5.	向某些自己道別	陳樂融著	220元
6.	從麻將桌到柏克萊	王莉民、劉無雙合著	200元
7.	星雲與你談心	星雲口述／鄭羽書筆記	220元
8.	漂島	廖鴻基著	240元
9.	那多三國事件簿之桃園三結義	那　多著	180元
10.	那多三國事件簿之曹操登場	那　多著	180元

朱西甯 作品集

1.	鐵漿	240元
2.	八二三注	800元
3.	破曉時分	300元

王安憶 作品集

1.	米尼	220元
2.	海上繁華夢	280元
3.	流逝	260元
4.	閣樓	220元
	以下陸續出版	
5.	冷土	260元
6.	傷心太平洋	220元
7.	崗上的世紀	280元

楊　照 作品集

1.	為了詩	200元
2.	我的二十一世紀	220元
3.	在閱讀的密林中	220元

平　路 作品集

1.	玉米田之死	200元
2.	五印封緘	220元

成英姝 作品集

1.	恐怖偶像劇	220元
2.	魔術奇花	240元

INK PUBLISHING 文學叢書 056

彼岸

作　　者　王孝廉
總 編 輯　初安民
責任編輯　高慧瑩
美術編輯　許秋山
校　　對　徐錦成　高慧瑩

發 行 人　張書銘
出　　版　INK印刻出版有限公司
台北縣中和市中正路800號13樓之3
電話：02-22281626
傳真：02-22281598
e-mail:ink.book@msa.hinet.net
法律顧問　漢全國際法律事務所
林春金律師

總 經 銷　成陽出版股份有限公司
訂購電話：03-3589000
訂購傳真：03-3581688
http://www.sudu.cc
郵政劃撥　19000691　成陽出版股份有限公司
印　　刷　海王印刷事業股份有限公司

出版日期　2004 年 6 月　初版
ISBN 986-7810-92-9
定價　230元

國家圖書館出版品預行編目資料

彼岸／王孝廉 著.－－初版，－－臺北縣中和市：
INK印刻，2004〔民93〕
面；　公分（文學叢書；56）

ISBN　986-7810-92-9（平裝）

857.63　　　　93006358

INK INK INK INK INK INK
INK INK INK INK INK INK INK
INK INK INK INK INK INK
INK INK INK INK INK INK INK
INK INK INK INK INK INK
INK INK INK INK INK INK INK
INK INK INK INK INK INK
INK INK INK INK INK INK INK
INK INK INK INK INK INK
INK INK INK INK INK INK INK
INK INK INK INK INK INK
INK INK INK INK INK INK INK
INK INK INK INK INK INK
INK INK INK INK INK INK INK
INK INK INK INK INK INK
INK INK INK INK INK INK INK
INK INK INK INK INK INK
INK INK INK INK INK INK INK
INK INK INK INK INK INK
INK INK INK INK INK INK INK
INK INK INK INK INK INK
INK INK INK INK INK INK INK
INK INK INK INK INK INK
INK INK INK INK INK INK INK
INK INK INK INK INK INK
INK INK INK INK INK INK INK
INK INK INK INK INK INK

INK INK INK INK INK INK INK
NK INK INK INK INK INK INK I
INK INK INK INK INK INK INK
NK INK INK INK INK INK INK I
INK INK INK INK INK INK INK
NK INK INK INK INK INK INK I
INK INK INK INK INK INK INK
NK INK INK INK INK INK INK I
INK INK INK INK INK INK INK
NK INK INK INK INK INK INK I
INK INK INK INK INK INK INK
NK INK INK INK INK INK INK I
INK INK INK INK INK INK INK
NK INK INK INK INK INK INK I
INK INK INK INK INK INK INK
NK INK INK INK INK INK INK I
INK INK INK INK INK INK INK
NK INK INK INK INK INK INK I
INK INK INK INK INK INK INK
NK INK INK INK INK INK INK I
INK INK INK INK INK INK INK
NK INK INK INK INK INK INK I
INK INK INK INK INK INK INK
NK INK INK INK INK INK INK I
INK INK INK INK INK INK INK
NK INK INK INK INK INK INK I
INK INK INK INK INK INK INK